Martin Disler

DIE VERSUCHUNG DES MALERS

Roman

PEARLBOOKSEDITION

Der heilige Mensch ist in der Welt
voller Furcht
dass er durch die Welt
sein Herz verwirre.

LAO-TSE (TAO TÊ KING)

Weder lebende noch verstorbene Personen, auch nicht
der Autor, sind identisch mit in diesem Buch auftretenden
Charakteren.

Kidnapping

«Schlafe, mein Liebeshungerkünstler, sonst explodiert dein Gehirn», flüsterte ich lächelnd in seine Ohren und fuhr sachte mit den Lippen über sein verrutschendes Gesicht. Schwer atmend lag er da, hinuntergefallen in einen tiefen Schacht, über den ich mich weit vornüberbeugte. «Hier liegst du, Maler – eine ausgedrückte Farbtube –, in einem bösen Traum von einem achtlosen Schuh zerquetscht.» Zitternd presse ich ihn in einer ungezügelten Welle meines Blutes an meine Brüste. Wir können kaum atmen unter der Last des «Kontraktes», die Luft ist verpestet vom «Fluch des Hauses». Ich habe mich entschlossen aufzuschreiben, was uns wegschwemmen will. Aber es ist Notwehr, die uns schreibt, und wir folgen zwanghaft ihrem Drehbuch. Während der Maler im Labyrinth der Säle sein Bild sucht und es an die Auftraggeberin preisgibt, trage ich sorgfältig diese Hefte mit meinen Aufzeichnungen am Bauch unter dem Kleid oder in meiner Handtasche als unsere geheime Waffe.

Niemand außer ihm soll Zugang haben. Denn sind wir hier nicht von lauter Spitzeln, Zuträgern, Verrätern umgeben? Oder ist das nur eine ungesunde Einbildung? Der gefährliche Strudel der Ereignisse lässt mich eher nach Luft schnappen als schreiben, und weil wir aus unseren Muttersprachen gefallen sind, weiß ich oft nicht, wie ich mich meinen Heften anvertrauen soll, ist es doch diesmal nicht getan mit Berührungen, die die einzige verlässliche Sprache sind. Wir sind in einen schmerzlichen Zwiespalt gefallen! Wir haben den Liebesbiss, die Leidenschaft, zugespitzt zum Skalpell einer neuen Erkenntnis, einer Erkenntnis unseres ganzen, ineinanderfallenden Körpers im Tanz, im Vervielfachungswunder der Zweiheit, aber wenn es nicht im Tanzen war, dann auf der Flucht vor dieser aufgezwungenen Übereinkunft, die letzten Endes lautete: «Friss aus meinem Trog, dann überlebst du.» Wir schauten wie von einem Schiff, das vom Ufer abgelegt hat, auf die solches und Ähnliches zum Besten gebende Gesellschaft zurück, die immer weiter zurückblieb am Horizont, als hätte die Umarmung, die nur einmal eingesetzt hat und nie unterbrochen wird, das Tau gekappt. Wir suchten die totale Einsamkeit, zu zweit.

Einmal erwachten wir in Wien, wir wussten nicht, wo wir uns befanden, oder es war in Neapel, und er schrak aus dem Schlaf aus meinen Armen auf und fragte mich, ob ich mit ihm in die Bulldogbar morgenessen komme, aber die Bulldogbar steht in Amsterdam.

Wir reisten, hüst und hott, bald hierhin, bald dorthin, ohne Plan, eher einem verborgenen Timer gehorchend, der energetisch gespiesen war von unserer gegenseitigen Anziehungs- und Abstoßungskraft. Eines Tages sagte er zu einem Zöllner im Bahnhof Basel, als dieser gerade damit beschäftigt war, die Passnummer des Malers in den Computer einzutippen:

«Ich sehe ein Gesicht, ich sehe ein Gesicht in Segmente zerschnitten. Nebel umschwärt es. Ein gleißender Gletscher rutscht durch seine Furchen. Es ist stumm, sein Mund ist mit Sand gefüllt. Ameisen laufen hurtig durch den Sand, der den Mund halb anfüllt, schleppen Zweiglein. Langsam, aber immer schneller verbrennt das Gesicht unter der Sonne. Haut um Haut blättert ab wie verkohltes Papier. Ein bissiger Wind füttert das unsichtbare Feuer im Gesicht.»

Der Zöllner blickte verblüfft auf den Maler. Dann neigte er sich zu seinem Kollegen am Nebenschalter und flüsterte etwas, das ich nicht verstand. Der Maler schaute mich hilflos an. Ich umschlang ihn. Hinter uns staute sich die Menge. Man bat uns, auf die Seite zu treten und zu warten. Man holte uns in ein Büro. Es war nichts. Ein kurzer Schrecken und die Langeweile eines amtlichen Büros. Die Buchstaben tanzen mir vor den Augen, als wären alle Buchstaben er und ich.

«Und setzt euch zusammen zu Wörtern», sage ich, und bald werden die Sätze ungeschönt aus mir herausfließen, denn der Schrecken und ein Gelächter, das fähig ist, das Schloss wie ein Kartenhaus umzublasen, führen mir die Hand, und ich nehme keine falsche Rücksicht auf die programmierten Ohren irgendeines falschen Zeugen. Gelänge es mir zu sagen, wie wir, im Labyrinth der Liebe verloren, den roten Faden abgekätscht haben von der Mutterübermutter und wie Bäume in einem Wirbelsturm durcheinanderwirbeln, nämlich indem wir die Geschlechter zwischen uns hin- und herwandern lassen, was den Sog anzieht, in dem wir schwimmen, gelänge es mir wenigstens in Andeutungen aus vielen verschiedenen Winkeln heraus das festzuhalten, was ich, auf seinem Hals liegend, aus unseren Herzschlägen höre: Wir besäßen das vollkommene Logbuch, um die Insel, auf die wir uns verfrachtet sehen, zu verlassen.

Ich lasse meine Augen vom schwarzen Seidenbett aus durch Atelier 3 wandern (das ist der Zeichnungssaal – aber davon später, wenn ich vom Schloss zu sprechen habe), und meine Augen dringen hinter die Erscheinung dieses Raumes in eine frühere Zeit, ich sehe mich auf dem Fahrrad entlang düsterer Kanäle fahren und spüre, wie sich damals meine Scham an dem Sattel gewetzt hat wie jetzt an ihm, der zuckt in seinem Erschöpfungsschlaf zwischen zwei Bildern, die er aus unserem gemeinsamen Körper heraustanzt, die er heraustanzt aus unserer Luft, die ich anfülle mit meinem Körper und meinem Bild, als ich dasitze als seine Skulptur, wie goldene Torbogen, über den graublaubraunen Augen wölben sich meine Brauen und verschmelzen auf geheimnisvolle Weise mit seinen chemischen Säften, die er in seinem Mund wirken lässt, wie er mir gegenübersitzt, während ich mich im späten Nachmittagslicht schminke. Er schaut mich an auf unseren erinnerungsschweren Spaziergängen im ersten Genießen der Überraschungen, die uns die Insel anfänglich beschert, er schaut mich an und betastet meine Stirn, hinter der alle Zukunft als unsere eigene aufflackert. Vollkommener Gleichklang von uns mit dem Meer, an dessen Rand wir uns legen, bis die Flut uns beleckt. Glücksaufwallungen. Dankbar, hier sein zu dürfen, was für ein Widerspruch! Sind in einem solchen Moment froh, der Welt, die wir in den letzten Jahren immer mehr als ein schwärendes Geschwür gesehen haben, entronnen zu sein, erlöst von den kleinlichen Kriegen des täglichen Ausgeliefertseins an die Wirklichkeiten jener Vogelfreiheit, in der die Künstler im Keller wohnen und auf feuchte Papiere kritzeln.

«Ich schien nur die Wahl zu haben zwischen einem aufreibenden Selbstmord in Raten, das heißt, mich Fleisch- und Nervenfetzen um Fleisch- und Nervenfetzen von der Gesellschaft ins Bild wegzustehlen, und der Suche nach einem Exil in einem Irrenhaus, wo sie mich gnädigst mit Papier beschenken», sagte der Maler.

Wir sprechen miteinander im Wechselbad der Empfindungen über das Schloss, um unsern Fehltritt (?) zu verstehen. Dankbarkeit macht Ekel Platz und entsetzlich sinnloser Schande.

Was für ein Schock, plötzlich angebunden zu sein! Denn bisher waren wir immer nur auf unserer großen Fahrt gewesen, z. B. oben am Himmel in Flugzeugen, oder ich fuhr leidenschaftlich gerne tagelang Auto, ich fuhr, er saß neben mir, eine Hand zwischen meinen Schenkeln, «mein Copilot», sagte ich und warf von der Seite einen raschen Blick auf ihn, die Landschaften glitten durch uns hindurch, die Bäume rasten durch uns und pfählten uns im Fahren, mich packt die Lust, Gas zu geben, zu beschleunigen, seine Finger krallen sich fester in mein Fleisch. Das war das fahrende Lied seiner Finger in meinem Fleisch, meinem erinnerungswütigen, in Fetzen zu Boden fallenden Kleid über den dünnen Nerven.

«Gift kommt hinten aus dem Auto raus», sagte er, aber wollte reisen, wie seine Bilder. Am Morgen blies er mit fast herausspringenden Augen in Paris Wasserfarbe übers schimmernde Papier zu einem Kopf, den er spätnachts in Barcelona mit den Häusern der Ramblas füllte. Oder bin ich das gewesen, und er ist tausend Kilometer in meinem Blut geschwommen, das siedete in der gleißenden Sonne über den staubigen Orangenhainen?

«Viele Fragen, Baby, viele Fragen!», grinste er hinter meinem Kopf in mein Genick, auf das er spuckte und die Zunge daraufklebte.

Immer wenn wir die Grenze überschritten hatten, atmeten wir auf und verweilten befreit im Niemandsland der Duty-free-Area.

Hier verliebten wir uns jedes Mal neu ineinander, als hätten wir uns eben zufällig beim Wechseln der Flugzeuge getroffen. Anfänglich steckten wir alles Geld in Flugtickets – Stapel von Zeichnungsblocks mitschleppend –, die Zöllner wühlten verwundert in den Plastiksäcken voll Zeichnungen. Wenn wir nur auf den Gates herumträumen konnten. Wartend lasen wir einander im Gesicht. Wie um mit aufgerissenen Augen die zum Abgasrohr der modernen Welt herausgestoßene Giftwolke und ihre Auswirkungen auf die Farbe der Häute der Gesichter besser studieren zu können, blieben wir in Bewegung von Stadt zu Stadt.

«Dein Schweiß riecht wie die Tannen rings um mein Dorf, deswegen bin ich überall im Wald», sagte er.

Von Zeit zu Zeit brachen wir zu Fuß in die Wälder auf, die Start- und Landeplätze ganz andersartiger Flüge waren. In keinem Licht sah ich sein Gesicht tiefer als im grünen Licht des Waldes.

Wir befanden uns erneut im sich sanft nach oben schwingenden Tunnel ins Licht des Terminal 1 von Charles de Gaulle hinauf, wo ich mich auf deine Arme in den abgenutzten Plastiksessel lege. So lief die Bewegung hin und her, vom innersten Innern ins äußerste Außen, ein Kitzeln an unseren Fußsohlen und Geschlechtswurzeln, eine Empfindung der ins Rieseln geratenden Blutkörperhalde im Innern unserer sich berührenden Hände. Starten, abheben, hoch oben drüber, sinken, landen. Ich lese dir auf der Taxifahrt ins Stadtinnere vor, wie van Gogh das abgeschnittene Ohr ins Bordell bringt. Eben hatten wir aus dem Flugzeugfenster sich paarende Hasen gesehen. Ich lege meine Augen in deinen Blick. Langsam streicht von Zeit zu Zeit träge deine Zunge über meine Haare.

Aber wir wussten noch nicht, dass wir bereits auf der Flucht vor dem Schloss waren, bevor wir es kannten – im Gegenteil, es durchströmte uns ein Freiheitsrausch, wir waren weggehoben, unberührbar, eines im andern. Wir bewegten uns von der Gesellschaft weg, in deren Bewusstsein der Maler mit seinen Ausstellungen ein Eigenleben zu führen begann. Ich sehe, was mit ihm geschieht:

«Wie es mich zeichnet, so komme ich ins Bild und an die Ausstellung – nackt und geschüttelt von den Zuckungen des unruhigen Herzens. Beide Hände zum Schlag gegen das Blatt erhoben, fühle ich die Kohle darin und schließe blitzschnell die Augen, während ich zustoße. Im schwarzen Loch des Kopfes blitzt schmerzhaft klar das Bild auf, und in der verlangsamenden Nachbewegung meiner Hände schlage ich die Augen auf und sehe auf dem Papier, wie sich darauf bewegt, was ich soeben erschaut habe. Ein Pygmäe klettert mit seinem Messer in den aufgeschnittenen Bauch eines Elefanten und kommt lachend und gestikulierend durch ein von innen geschnittenes Loch mit blutverschmiertem Kopf unter den Schulterblättern wieder zum Vorschein, das zuckende Herz des Elefanten in den Händen (soeben habe ich mit farbverschmiertem Kopf ein Bild fertiggestellt).»

Dann waren deutliche Anzeichen da für einen plötzlichen Erfolg seiner Bilder: Presse mit wilden Theorien über sein Werk, und oft, wenn wir zur Eröffnung einer Ausstellung kamen, war vieles bereits verkauft, und diese vornehme, schwarze Dame steht vor seinen Bildern, sie entfernt sich, bevor sie uns vorgestellt wird, müßige Mutmaßungen, wie märchenhaft reich sie sei, wie unauffällig sie die Ausstellungen betrete und sich das meiste, ohne zu zögern, aneigne, um diskret wieder zu verschwinden. Sie hat unter vielen Namen gekauft, trat unter dem Deckmantel verschiedener Companies als Sammler auf. Wir kamen nur langsam und erst allmählich dahinter, dass eine einzige Person Kontrolle über sein Werk gewann, denn wir waren nur mit unseren Reisen durcheinanderhin beschäftigt.

Als der Maler zum ersten Mal nach Jahren der Verzweiflung aufatmen konnte und sich vorstellen durfte, dass er von jetzt an jede, auch die teuerste Farbe würde kaufen können, weil seine Armut langsam in den Hintergrund trat, gerieten er und ich, die wir leidenschaftlich zusammenhingen, arglos in die gigantische Schlinge, als die sich das Schloss heute um unsern Hals zieht. Oder wir waren nicht arglos, eher argwöhnisch in eine neue Unterart von Vorhölle gewandert, um das Unfassbare zu sehen.

Einmal, in einem Römer Hotelzimmer mit offenem Fenster, lagen wir nachts aneinanderklebend auf einem durchhängenden *letto matrimoniale* in einem hohen, stuckaturverzierten, quadratischen Zimmer, in dessen Mitte eine Lampe aus Muranoglas von der bröckelnden Decke hing, und außen vor dem Fenster im rot gemauerten Innenhof von der Größe eines halben Fußballfeldes war eine Parteiversammlung im Gang, stundenlang las ein Redner monoton etwas uns Unverständliches rasch von durchs Mikrofon knisternden Papieren ab; ein quälend langes, fremdartiges Gebet an die Sinnlosigkeit plätscherte in unser *amore* hinein, während wir immer weiter dalagen, eines im Saft des andern watend, und der Maler Erinnerungen aufweckte an seine qualvolle, lange, endlose Zeit des Aufwachsens in sein Bild hinauf.

«Jetzt bist du mein Bild. Ich sehe mich in dir», sagte er.

Aber damals, vor vielen Jahren, sah ich zuerst wenig: Flaue Umrisse eines feindlichen, grauen Nichts, von giftigen Wespen zerstochen, besetzten meine Augen, denn ich musste die Augen zukneifen, damit mich das Licht der Menschen und Dinge und Baumstämme und Blätter und der Himmel nicht blendeten. Ich zog meinen Strich, der sich aus meinem kindlichen Gemüt als befreite Eisscholle um Eisscholle löste. Wie laut die meisten lachen mussten, als sie meiner Hilflosigkeit gewahr wurden. Und doch war ich meiner Sache sicher, denn hatte mich nicht Rimbaud selber heimgesucht unter den spermabespritzten Leintüchern der Pubertät, als ich mit gestohlener Taschenlampe verbotenerweise die Nacht zum Tag gemacht habe? Ich machte meine ersten Ausstellungen in Cafés usw. In kleinen Zeitungen gossen Provinzjournalisten ihre ranzige Besserwisserpoesie über meine kärglichen Kunstbemühungen, die es an jeder Schulung gebrechen ließen.

«Als meine Mutter dies las, verkroch sie sich vor Scham fast in ein Mauseloch», rief der Maler wütend. Sein Zorn stimmte mich unerwartet heiter. Ich schloss das Fenster, um die Rede abzustellen. Er fuhr mir langsam, langsam über die Haut der Hüfte, immer wieder, und sprach: «Ich war sechs Jahre alt, ging auf der staubigen Straße aus dem Dorf, eine Verrichtung zu tun, als ich einen Landschaftsmaler auf einem Dreibein am Straßenrand sitzen sah. Er war der erste Maler, den ich in meinem Leben sah. Der Mann hatte vor sich eine Staffelei stehen, er trug eine Baskenmütze, und ich weiß nicht, ob er wahrgenommen hat, dass ich stundenlang hinter ihm gestanden bin, die Zeit verging in einem Rutsch. Er verbreitete um sich einen Duft und eine Ausstrahlung, die mir in meiner dörflichen Schlichtheit welsch vorkam, und die mich bewegungslos dastehen ließ. Der Mann hantierte verwirrend schnell mit sehr feinen Spachteln, die zehnmal schmäler waren als die Kittspachtel meines Vaters. Die Kirche, die er am untern Bildrand gemalt hatte, ließ mich kalt. Umso mehr erschütterte mich der Himmel, den der Maler mehrmals hintereinander immer wieder von Neuem auftrug, um ihn jedes Mal wieder wegzukratzen. Gebannt, fassungslos sah ich zu, wie er immer dunklere Wolken malte, obwohl doch der Himmel an diesem Tag wolkenfrei war – und da, dort flog ein schwarzer Vogel durchs Bild –, bis dann der Himmel gähnend leer, schmutzig geworden war, ein Schrecken durchfuhr mich, die Maiandachtglocken schrien übers Dorf, das jetzt schon im Schatten lag, und die Stimme meiner Mutter gellte hoch aus den Glockenschlägen, händeringend wurde ich erwartet, an den Haaren gezogen, und musste zur Strafe für mein Verschollengehen auf ein dreikantiges Holzscheit knien, was nicht etwa weh tat, sondern der Freipass war zurück in den Himmel des Malers vom Nachmittag am Straßenrand; ich sah noch einmal blaugrauschwarzen Himmel um Himmel abdunkeln in das schwarze Entsetzen, das mich gepackt hat. ‹Ein Maler – so einer stiehlt dem Herrgott die Zeit›, hat die Mutter gesagt, als sie mich knien ließ. ‹Aber er kann sich den Himmel selber malen›, dachte ich, ‹und muss sich nicht die Knie wund beten in der Kirche, um hineinzukommen.›» So erzählte er weiter, wie er dann Maler geworden war, und dass es lange dauerte, bis man es ihm glaubte. Er küsste mich und sagte: «Bald wird etwas geschehen.»

Wir fuhren mit dem Zug nach Zürich, weiter nach Brüssel, wir konnten nirgendwo bleiben. In Wien steckte er mir eine

Notiz zu, als ich eines kühlen Morgens erwachte und ihn im Zimmer auf- und abgehen sah:

«Wien, dachte ich damals vor 15 Jahren, als ich es zum ersten Mal durchlief, gehetzt von der Vorstellung, ein Türke zu sein mit einem blutigen Küchenmesser unter dem Hemd und beschäftigt mit der Belagerung von immensen Halden von pochenden Sekunden, als eine Stimme aus einer dunklen Nische zischte:

Der Dom ist falsch
Die Donau ist falsch
Das Riesenrad ist falsch

Wien ist der ideale Ort, meinen dräuenden Wahnsinn fahren zu lassen, dachte ich, den Fluss hinaufwandernd, hier, am Westrand meiner splitternden europäischen Seele, lasse ich mich in den Wahnsinn fallen. Weiß bekittelte Ärzte und sanft lächelnde Irrenwärter werden mir farbige Stifte und weiße Papiere reichen, und niemand wird je wieder mehr oder noch etwas anderes von mir verlangen als BILDER. Er ging in der Nacht in Wien – oder war es in Prag? – das Riesenrad – falsch, aus Streichhölzern errichtet – zum Anzünden, und die falsch synchronisierte Stimme der dritten Männer in mir trieben mich durch die alten Gassen oder durch einen letzten klaffenden Bombentrichter immer der Stimme entgegen aus dem Dunkel, die jetzt aber laut aufschrie: *Der Dom ist falsch.*»

Dann aber eines Tages sollte unsere Bewegung gestoppt werden. Es trat jene Dame, die so sehr seine Bilder sammelte, unversehens aus ihrer Anonymität heraus; es geschah in einem kleinen, schäbigen Amsterdamer Hotel. Wie hat sie uns dort finden können? Im Lauf der Jahre hatten wir viele Hotels von Amsterdam benützt, von den luxuriösen bis hinunter zu ärmlichen Hurenabsteigen. *Hotel of Black Hole* hieß dieses schmale, sehr hohe Haus mit einer himmelsleiterähnlichen Treppe in den 5. Stock hinauf. Wir hatten Zimmer 27, wo sich auch die einzige Dusche des Hotels befand. Wir waren mehrmals hier gewesen, der nur 20-jährige Manager des Hotels war Schweizer, ein alter Bekannter des Malers. Er lebte vor allem davon, dass er seinen Gästen Drogen und Mädchen vermittelte. Wir schlossen uns oft für mehrere Tage und Nächte in diesem winzigen Zimmer mit reproduzierten Van-Gogh-Sonnenblumen ein zu «Arbeit und Liebe», wie wir es nannten. Es geschah, dass wir uns ins Vergessen neigten, leicht aneinandergelehnt im Kreis drehten, langsam, unaufhörlich, Uhrzeiger, die durch Scherben knirschten. Stunden später fanden wir uns so wieder im selben Tanzschritt.

Meistens schliefen wir am Vormittag, wenn wir überhaupt schliefen. Als der Morgen dämmerte, stand der Maler nackt am offenen Fenster im sich bauschenden Vorhang und sah auf die erwachende Straße hinunter. Ich trat hinter ihn und umschlang ihn locker und zog dann die Arme an – es war, als flögen wir als ein nach hinten ausscherendes Videobild über die Stadt davon.

In diesem Moment klopfte es an die Türe, der Manager rief unsern Namen.

«Gopferdammich, was ist los?», fragte der Maler unwillig.

«Ein Riesen-Geschenkkorb und ein Strauß roter Rosen, bitte öffnet.»

«Was soll das?», rief der Maler durch die noch verschlossene Türe.

Misstrauisch öffnete er und stand verblüfft in der offenen Tür und starrte auf die Rosen und auf ein seltsames Glasgebilde. Der «Geschenkkorb», den wir staunend auf das schmale, durchhängende Bett stellten, war ein beeindruckender Gegensatz zum hässlichen, engen, mit zahllosen Zeichnungen, Kleidern und Schuhen übersäten Zimmer. Er war aus Kristallglas, hatte die Form einer auf den Kopf gestellten Kathedrale oder eines Schlosses von bizarrer Modernität, es lagen darin schwarz eingewickelte, zum Teil mit Goldschnüren zugebundene Pakete. Ein Brief lag dabei, ohne Umschlag, mit kleinen, schwarzen Buchstaben erschütternd regelmäßig übergossen.

Wir schauten einander fragend an. «Darling», sagte der Maler, «dieser mit Brillanten besetzte Korb kommt von unserer Black Lady.» Meine Haut sträubte sich.

«Bring uns bitte ein Frühstück», sagte er dann zu seinem kleinen Hotelierfreund, der, ebenso magisch angezogen wie wir, ängstlich auf das Geschenk starrte und antwortete:

«Also gut, ich gebe die Nachricht durch, dass ihr akzeptiert habt.»

Verblüfft sahen wir ihm nach. Wir öffneten sorgfältig und ein wenig befangen die umschnürten Pakete, Verpackung und Inhalt breiteten wir sorgfältig auf dem Leintuch aus, um hinter den Sinn des Ganzen zu kommen. Immer wieder lasen wir den Brief, der uns so nichtssagend wie bedrohlich erschien:

«Very dear Madam,
Dear Sir,
Bla bla bla»,
schrieb sie in höflichen Floskeln, dass sie uns aus gebührender Distanz seit Langem mit großer Anteilnahme folge, dass sie 99 seiner Bilder in einem riesigen Saal aufbewahre, den sie speziell in N.Y. gemietet habe, und so fort in diesem Ton, wie sie von diesen Bildern ein für allemal besessen sei, dass sie bescheiden diesen gläsernen Korb voller Geschenke überreiche im Hinblick darauf, uns sehr, sehr bald persönlich kennenzulernen. Und: «Ich bitte Sie um Entschuldigung, dass ich diesbezüglich meine Anordnungen bereits getroffen habe. Ich werde Sie zu geeigneter Stunde abholen lassen.» Am Schluss schrieb sie etwas wie «Dear Maestro» usw., der Maler rümpfte die Nase und lachte höhnisch.

«Ein rätselhafter Brief», sagte ich.

«Fuck the letter, lass uns die Pakete öffnen. Sind es kleine verdammte Briefbomben?»

«Nein, sie will dich lebendig», sagte ich und lächelte, obwohl ich auf einmal fieberte.

«Wenn sie mich erwischt, hat sie dich auch. Wir stecken untrennbar ineinander.»

Wir nestelten die diamantbesetzte Goldschnur von einer schwarzen Ebenholzschachtel, aus der ein goldener Kompass zum Vorschein kam. In den Kompassrand eingraviert:

Kommst D**U** aus dem
Norden **S**o geh
in den **S**üden

Wir sahen uns betreten an. «Dummer Einfall», bemerkte der Maler. Im 2. Paket stak, in ein rotes Seidentuch gewickelt, ein schlichter Dolch von ungeheurer Schönheit und scharf geschliffen, unsagbares Alter, unfassbare Magie der Ausstrahlung. Als würde er seine Finger verbrennen, ließ der Maler den Dolch auf die Bettdecke fallen. Da hatte ich das 3. goldverschnürte Paket geöffnet, ein Ring, ein roter Stein leuchtete auf. Der Ring saß mir wie angegossen, aber schnell hatte ich ihn wieder abgestreift. «Ich will nicht, dass du ihn anprobierst, du kriegst ihn womöglich nicht mehr ab», sagte ich, von meiner heftigen Stimme selber überrascht, und legte den Ring in die Jadeschachtel zurück, in die kleine, feixende Teufel, die ihre Gabeln schwangen, eingekratzt waren. Das nächste Geschenk brachte uns aber augenblicklich ganz aus der Fassung. Einem großen, schwarzen Lederbeutel entnahmen wir einen Schlüsselbund mit mehr als eintausend Schlüsseln. Ein Alligatorkopf aus weißem Elfenbein mit grün glotzenden Augen diente als Aufhänger eines Reifens von etwa 60 cm Durchmesser, auf den die Schlüssel aufgezogen waren.

«Jetzt habe ich die Nase schon voll von dieser frühmorgendlichen Bestechungsaffäre.»

«Wir müssen alle Pakete öffnen.»

Nachdenklich strich ich über seine Haare. Wir wussten nicht, was geschah. Stets hatten wir uns in diesen Hotels ohne Mitwisser aufgehalten. Auf einmal war unsere Intimsphäre zerbrochen. Wir öffneten die restlichen 3 goldumschnürten Pakete; wir fanden eine Kristallkugel, in unzählige Facetten geschliffen, von der Größe eines Basketballs, sie glitzerte unbegreiflich hell.

Wir fanden eine kleine Pistole (geladen?) in einem violetten Futteral; wir hatten beide noch nie eine derartige Waffe gesehen, so fein zisiliert und zerbrechlich und so Unheil verkündend gefährlich. Das letzte der goldumschnürten Geschenke machte uns jedoch den tiefsten Eindruck. Es war ein graziles, kugelförmiges, altes Reagenzglas mit französischer Aufschrift, und wenn wir es richtig entziffert haben, so muss sich darin ein Auge Goyas befinden, von einem Mönch im Jahre 1828 nach Goyas Tod «der Wissenschaft zur Konservierung übergeben». Wir glaubten unseren Augen nicht zu trauen.

«Das ist zum Lachen, das glaubst du doch nicht?» Der Maler war so geschockt, dass er zitterte. «Was für eine Geschmacklosigkeit», rief er.

13 weitere, aber schwarz umschnürte Päcklein enthielten 13 Modelle immer desselben kathedralenähnlichen, schlossähnlichen Gebäudes in 13 verschiedenen Materialien (Eisen, Glas, Gold, Silber, Bronze, Jade, Elfenbein, Ebenholz, Marmor, Kristall usw.). Die Bleivariation erinnerte am meisten an eine hypermoderne Kriegsmaschine. Der Maler schüttelte mit der Decke all die Geschenke vom Bett, sodass sie laut auf den Boden polterten. Der Maler gähnte.

«Lass uns schlafen», sagte er. Und auch ich fühlte, wie mich eine unerklärliche Müdigkeit packte. Wir fielen ineinander hinein, schliefen ein.

Als wir erwachten – wir konnten nicht lange geschlafen haben, denn die Sonne stand steil auf dem Spiegel hinter dem Bett –, waren wir nicht mehr allein. 3 unbekannte Männer und eine Frau standen, unser Gepäck reisefertig gepackt, vor uns. Einer sagte mit unpersönlicher Befehlshaberstimme: «Sie haben 15 Minuten. Wir haben Ihnen neue Kleider mitgebracht. Bitte ziehen Sie sich an, wir möchten Sie mitnehmen. Wenn es Ihnen recht ist, warten wir draußen vor der Tür.» Er hob sein Jackettrevers hoch und zeigte uns eine in einem Ledergürtel hängende Pistole unter der Achselhöhle. Er sagte: «Selbstverständlich haben wir für Sie auch die wertvollen Geschenke eingepackt.»

«Gehen Sie zum Teufel», begehrte der Maler auf.

«Jedes weitere Wort ist zu viel», sagte derjenige, der das Wort führte, bestimmt, und sie verließen das Zimmer. Wir hörten sie vor der Türe sprechen. Stumm zogen wir uns an. Der Maler lächelte mir aufmunternd zu. Ihm schien es auf einmal zu gefallen. Unsere eigenen Kleider waren nicht zu finden, die fremden aber passten uns wie angegossen. Als wir aus dem Zimmer traten, verneigten sich die vier Unbekannten.

Schweigend gingen die Männer voran, die lange, steile Treppe hinunter, die Frau aber, die mit ihren Augen freundlich Kontakt zu uns aufnahm und uns zuflüsterte «Ich heiße Sarah», folgte hinterher. Vor dem Hotel warteten zwei große, schwarze Limousinen mit abgedunkelten Fenstern und laufenden Motoren. Rasch wurden wir durch die aufgerissene Türe in das geräumige Innere der vorderen Limousine geschubst. Die Tür fiel zu, die Limousine raste davon. Da saß sie uns gegenüber, hinter schwarzer Brille, die dunkelrot geschminkten Lippen ironisch schuldbewusst geschürzt, mit einer brennenden Zigarette in den leicht zitternden, spitzen Fingern.

«I feel very guilty», hob sie leise schnurrend an. «Bitte seien Sie mir nicht böse, ich respektiere Ihre Freiheit voll und ganz, ja mehr noch, die einzige Freiheit, die ich überhaupt atme, ist, wenn ich in Ihre Bilder hineinschaue. Sie sehen, deshalb ist Ihre Freiheit auch für mich eine Lebensvoraussetzung. Aber ich bitte Sie, verurteilen Sie mich nicht, bevor wir ans Ziel dieser Reise gelangt sind, wo ich Ihnen die Bedeutung der Schlüssel usw. erklären kann. Ich bitte Sie einzig um Geduld, und ich lasse Sie dann selbst beurteilen, ob mein kleines, ungeschicktes Kidnapping zu Ihrem Glück inszeniert wurde oder zu meiner Bereicherung.»

Ich starrte frech auf ihre zusammengepressten, spitzen Knie in den schwarzen Strümpfen. Ich hielt mich mit beiden Händen an deinem Arm, den du über meine Schulter hängen ließest, deine Hand baumelte zwischen meinen Brüsten. Du antwortetest zuerst überhaupt nicht, lagst in den Polstern, die Fahrt genießend. Von Zeit zu Zeit zupftest du an meinem Ohr, als wäre dieses Ohr für dich das einzig Interessante. Mit quietschenden Reifen bogen wir auf einen nicht öffentlichen Weg in das Flughafengelände von Schiphol ein. Die Limousine brachte uns direkt an einen Jet, der einem großen Überschallbomber glich. Es wurde nach unseren Pässen gefragt, und schon saßen wir angeschnallt im luxuriös eingerichteten Flugzeug, das auf die Startbahn rollte.

«Wollen Sie nicht wissen, wohin wir fliegen?», fragte mich die schwarze Dame, indem sie mir freundlich zulächelte. Ich schüttelte den Kopf.

«Mein Kind, wir fliegen auf die paradiesischste Privatinsel der Welt.»

«Lassen Sie das bitte mit dem Kind», entgegnete ich hart. Ich hatte genug zu tun, die Kabine zu mustern. Ein Flug mit zweifacher Schallgeschwindigkeit! Anfänglich wurde nur wenig gesprochen. Ein Steward brachte Champagner, Blinis mit Kaviar, Kokain auf einem Spiegeltablett und Zeitschriften. Aus den Lautsprechern lief ein endloser Mix, wie aus unserer eigenen Plattensammlung zusammengestellt. Natürlich brachten wir es nicht fertig, das Kokain von uns zu weisen. «It's pure», sagte der hünenhafte Steward und grinste breit. Die mysteriöse Dame schaute kaum hin, als der Maler ein paar weiße Linien legte.

«Mein Name ist Maria Ghislaine, bitte nennen Sie mich Ghislaine», sagte sie unvermittelt, als ich gerade geräuschvoll eine Linie in die Nase hochzog.

«Warum traktieren Sie uns mit Drogen, Ghislaine?», fragte der Maler.

«Ich bitte Sie», sagte sie pikiert, «Sie werden doch wohl eine kleine Aufmerksamkeit zu schätzen wissen?»

«Ich fürchte, ich bin besessen davon, mir Gefälligkeiten gefallen zu lassen. Ich bin ein gehetzter Straßenhund, der von einer reichen Lady aufgelesen und mit Filets hochgepäppelt wird.»

«Ich werde Sie beide verwöhnen, Ihre Punklady werde ich in Seide kleiden und Ihnen werde ich die Angst nehmen, die Sie bis jetzt zurückgehalten hat, sich ganz aufzugeben. Zugunsten Ihres Bildes selbstverständlich.»

Des Weiteren erinnere ich mich nicht mehr so genau an diesen Flug. Wir sprachen wie besessen aufeinander ein, ohne auf sie zu achten. Wir schrien einander mit glänzenden Augen an. Wir schüttelten einander. Der Maler spritzte wie ein alberner Trunkenbold Champagner durch den Jet. Er wollte doch nicht den *crazy artist* mimen? Er jauchzte: «Wir tauchen ab auf die Insel.»

Langsam gewann eine bodenlose Freude, die wir uns nicht erklären konnten, die Oberhand über uns. Vollgepumpt mit Champagner und K. wurden wir langsam durch den Pomp, mit dem man uns begegnete, eingelullt. So kam es zur Unterzeichnung des Kontraktes. Aber die Hauptschuld müssen wir dem Schloss selber geben, das uns durch die gewaltige Leere seiner endlosen Räume widerstandslos schluckte und uns zwang, die Unterschrift unter den Vertrag zu setzen. Hatte er mir nicht oft, in den langen Nächten in den fremden Zimmern, zum Beispiel in Rom, mit dem Kopf auf meinem Bauch liegend, von einem Schloss erzählt, das im Süden mitten im Meer stehe und ausgemalt sein solle wie ein einziger, brennender Liebesbrief an mich? «An mich oder an sie?», fragte ich mich. War es dieses Schloss, das jetzt knapp unter unserem zur Landung ansetzenden Jet auftauchte? Ein rätselhaftes Gebilde aus Glastürmen, Steinwällen, Holztoren, Stahlträgern, Kristallkuppeln und Muschelwänden, auf der Hauptkuppel drehte ein Radarschirm, und es stand in einem sanft gegen das Meer abfallenden, grün wuchernden Tal. Es hatte aus der Luft die Form von 3 langen, gekreuzten Frauenschenkeln. Wir sahen jetzt die Piste auftauchen, ein stark bewachter, kleiner Hafen huschte links am Fenster vorbei.

«Willkommen auf Port of St. Vincent», sagte Ghislaine. Und rasch fügte sie hinzu: «Ich hoffe, dass dieses Stück Paradies für Sie bald genauso viel bedeutet wie für mich.»

Der Kontrakt

Unmöglich, den gefräßigen Sog zu beschreiben, den das Schloss vom ersten Moment an auf uns ausübte. War es die gähnende Leere seiner Räume, die Unberührtheit der Wände und Flure, die uns für es einnahmen? War es sein eleganter, erotischer Grundriss? Seine klösterliche Abgeschiedenheit? Schon die ersten Schritte durch die nicht enden wollenden Säle entfachten in uns ein Verlangen, es niemals wieder zu verlassen. Jahrelanges Eingeengtsein in viel zu kleinen Ateliers hatte uns mürbegemacht, gierig auf Raum. Ich musste an all die vielen Hotelzimmer denken, in denen unsere Zeichnungen und Entwürfe sich über Boden und Wände und Bett ausgebreitet hatten, wenn wir vor einem überfüllten Atelier geflohen waren. Noch hatte G. nur undeutlich davon gesprochen, dass es darum gehe, das Schloss «künstlerisch» auszugestalten, mit Gemälden, Skulpturen in ein «Museum der Leidenschaft» – wie sie es nannte – zu verwandeln. Aber schon sprach der Maler nur noch davon. Allerdings stieß er dunkle Drohungen gegen sie hervor, dass er ungeheure, unerfüllbare Bedingungen stellen würde, sollte sie ihm etwa mit diesem maßlosen Auftrag kommen. Ghislaine führte uns durchs Schloss, zeigte Pläne, erzählte die Geschichte dieses beeindruckenden Bauwerkes, sprach von den Schwierigkeiten, unter denen es errichtet worden war. 20 Jahre Bauzeit unter Mühen und Entbehrungen der Arbeiter usw. Der Maler gähnte. Wir schritten gemächlich von leerem, weißem Saal zu leerem, weißem Saal, wir sahen die weißen Suiten, die weißen Schlafzimmer, die weißen Bibliotheken, die weißen, leeren Kuppeln. Ich fühlte, wie sein Herz sich erregte und mich anklopfte. Der Bauernjunge durfte ein Schloss ausmalen! Aufgeregt stieß er mich immer wieder an. Ghislaine zeigte uns die Ateliers, den Malersaal, den Marmorgarten, mit modernsten Steinschneidemaschinen ausgerüstet und voller Marmorblöcke jeder Größe, den Lehmraum mit den Öfen, die Schmiede, die Fotolabors, das Videostudio, die Filmausrüstung, den Zeichnungssaal, das Papierlager, in dem jedes Papier der Welt tausendfach lagerte, ein immenses Farbenlager sowie weitere Werkstätten. Wir kamen aus dem Staunen nicht mehr heraus. Wir wanderten durch die Vorratskammern, durch die Administration, die Küche, die Schwimmhallen und die Spiegelsäle.

«Hier träume ich von einem großen Brunnen», sagte sie und wies auf einen in den Raum eingelassenen Garten voller Rosen. «Sie haben alle nur erdenklichen Handwerksspezialisten zu Ihrer Verfügung. Aber der Grundsatz heißt: Niemand darf Sie stören. Wie lange auch die Arbeit dauert, Sie sind hier das unangefochtene Prinzenpaar.»

Sie drückte sich so aus, und der Maler zwinkerte mir zu.

«Ich wollte nie in der Südsee leben», sagte er verwirrt. «Ich bin kein künstlich produzierter Gauguin. Ich gehöre nach Europa.»

«Ich bitte Sie zu bedenken, Europa stirbt, jedenfalls sterben die Bäume Europas, die Erde stirbt, die Luft stirbt – ich bitte Sie: Hier ist die Luft rein, die Schmetterlinge sind zahlreich und ungeahnt schön, die Sonne schmeichelt, Ihre Körper werden hier aufblühen, wie es in Europa nicht mehr möglich ist. Das Meer ist voller Fische, Muscheln, Korallen. In Holland jedoch – ich sah Ihnen zu – stampften Sie am Strand wütend auf die Teerstriemen.»

«Sie haben uns also observiert?»

«Da ist ein kleiner Unterschied: Ich bin Ihnen gefolgt, weil ich Sie auserwählt habe. Ich habe Sie auserwählt, weil Sie von Gott auserwählt sind.»

«Ha – Gott in Ihrem Mund – und außerdem bin ich eher dem Teufel vom Karren gefallen. Ihre verehrende Art ist unerträglich. Obwohl ich weiß, was meine Arbeit bedeutet, ist es meine Aufgabe, bescheiden weiterzuarbeiten an meinem Bild und meiner Menschwerdung.» Er lächelte boshaft. «Ich kann nur hoffen, dass Sie überhaupt in meine Bilder hinuntersehen können. Außerdem, vergessen Sie ja nicht: Unser Leben gehört uns, wir gehören zusammen und lassen uns von Ihnen nicht trennen.»

«Gut, selbstverständlich, ich bitte Sie, ruhen Sie sich aus, sehen Sie sich auf der Insel um, lassen Sie sich führen, und am Abend stelle ich Ihnen den Kontrakt vor. Wir werden zusammen essen. Sie können dann alles noch einmal überschlafen. Vielleicht sind Sie schon morgen zu einer endgültigen Entscheidung bereit.» Ghislaine rauschte davon.

Ich nahm dich am Arm und führte dich auf die sich weit ins Tal hinunter erstreckenden Terrassen vor dem Schloss, dessen gläserne Türme wie Messer in der üppigen Vegetation von Kakteen, Palmen und schwertartigen Riesenblumen steckten. Ich sagte zu dir:

«Wir sollten nicht vergessen, dass wir Outsider sind.»

«Weshalb bringt sie meine Sprache nicht aus der Ruhe?»

«Sie hat sie studiert. Sie will deine Bilder, sie wittert etwas dahinter, ohne es zu sehen. Sie wird uns gefährlich, denn sie kann nicht sehen, was du machst. Sie handelt wie ein Roboter, der darauf abgerichtet ist, dich besitzen zu müssen.»

«Du willst weg von hier?»

Ich zuckte mit den Achseln und sagte: «Hier ist Blindsein eine Lebenshaltung.»

Er küsste mich unter den flammengleich roten Schwertblumen auf der Treppe ans Meer.

«Ich brauche 7 Jahre – nicht mehr, nur 7 Jahre.»

«Mach dir keine Illusion, es wird unser beider Leben auffressen. Hast du nicht über die Geschenke nachgedacht? Was bedeuten sie? Sind es böse Zeichen?»

«Ja, vielleicht hast du recht, vielleicht werden wir in diesem fremden Schloss eingesperrt sein. Aber dagegen wollen wir uns wehren.»

Unter solchen Gesprächen waren wir ans Ufer des Meeres gelangt. Fern am Horizont standen in einer langen Kette große Schiffe. Eine unfassbare Helligkeit flutete von dort über die Wogen. Gebannt starrten wir auf das mächtige Farbenschauspiel, auf die sich kräuselnde Haut des Wassers, auf die glitzernden Muscheln, die angeschwemmt wurden, und standen, einander in den Armen hängend, da.

«Das eine tun und das andere nicht lassen», sagten wir zueinander. Heftig fiel er mir um den Hals, überschüttete mich mit Küssen, über und über. Schon schüttelte ihn das Fieber, es übertrug sich auf mich. In der Ferne schimmerte wie eine riesige, auf die Insel heruntergefallene Kampfmaschine das Schloss.

Später saßen wir mit Ghislaine im Garten an einem langen, steinernen Tisch, in den mit Perlmutt die Umrisse eines Wals eingelegt waren. Paradiesische Früchte standen darauf, in Körben aus Glas, entsprechend jenem folgenschweren Geschenkkorb in Amsterdam. Wir saßen in der Mitte des Tisches, ihr gegenüber. Daneben hielt sich steif ihr Anwalt, der nervös in den vor ihm liegenden Papieren herumsuchte. Vor uns glänzte das Schloss, dessen merkwürdiges Erscheinungsbild unbestimmbar blieb: halb gotisches Schloss, halb obszöner Befestigungswall – ein modernes Waffensystem oder das geschliffene Diamantenhaus der Sehnsucht? Ein Luftschloss oder ein Kriegsschiff, auf einem Inselrücken gestrandet? Für uns stellte sich das Rätsel aber so: Ist es ein Hort der Freiheit oder eine monströse Handschelle?

Unsere schwarze Dame erhob sich vom Stuhl, der mit Tigerfell gepolstert war, und setzte sich eine diamantenbesetzte Brille auf. Mit leiser Stimme begann sie zu sprechen:

«Am Tag, da es mir bewusst geworden ist, dass ich mein Leben Ihrem künstlerischen Werk widmen will, erfasste mich auch gleichzeitig eine Melancholie, weil ich Ihre inneren Schwierigkeiten voraussah, meinen Plänen zu folgen, weil ich verstehe, dass Sie hin- und hergerissen sind: Einmal betrachten Sie mich als einen Attentäter auf Ihre Freiheit, handkehrum ist es Ihnen klar, dass ich im Begriff bin, etwas Einmaliges zu tun, indem ich als erster Mensch eingesehen habe, dass nur eine ganz besonders große Aufgabe Ihnen angemessen ist. Aber als ich verstanden habe, dass Sie die große Aufgabe suchen seit

Ihrer Kindheit – und glauben Sie mir, wir haben Ihr Leben mit allen Mitteln präzise analysiert –, als ich verstand, dass Sie zwar unbeirrt Ihren Weg gehen, aber keine angemessene Förderung haben, keinen Rückhalt, keinen Mäzen, der Ihnen die dummen Organisationsprobleme abnimmt, da entschloss ich mich zum Handeln, um meinen Reichtum in den Dienst Ihrer Kunst zu stellen. Sie wollen doch nicht zwischen den erbärmlich langsam drehenden Mühlen der offiziellen Kulturmaschinerie zu Feuilletons zerbröselt werden? Selbstverständlich ignoriere ich keineswegs, dass letzten Endes ich die Beschenkte sein werde. Sie sind eingeladen, mein Schloss auszumalen; ein lebenslängliches Wohnrecht hier auf meiner Insel Port of St. Vincent ist Ihnen sicher. Damit Sie sich nicht gebunden fühlen, habe ich für Sie ein Netz von Ateliers, über die ganze Welt verteilt, aufgebaut. Eine Liste dieser Immobilien, die in Ihren Besitz übergehen, wird Ihnen mein Rechtsbeistand vorlegen; es versteht sich von selbst, dass alles ganz in Ihrem Sinn ausgewählt wurde und eingerichtet ist. Das heißt, ich bilde mir natürlich nicht ein, Sie ganz zu kennen. Aber bitte glauben Sie mir, ich werde Sie unter das intelligenteste, von menschlicher Wärme getragene Schutzsystem stellen. Kein Wunsch soll Ihnen abgeschlagen werden. Modernste Verkehrsmittel wie Helikopter, Privatjets usw. stehen Tag und Nacht zu Ihrer Verfügung. Sie werden Ihr ungebundenes Leben weiterführen, aber gleichzeitig dieses Schloss zu einem wahren Juwel der Kunst machen. Sie werden durch diese Arbeit reich. 5 Millionen Dollar fließen jährlich auf extra für Sie angelegte Schweizer Bankkonten. Jeder Schritt, den Sie von jetzt an während der Dauer des unbefristeten Kontrakts machen, ist bezahlt.»

In diesem Ton sprach sie etwa eine Stunde lang auf uns los, währenddem nach jedem Schluck, den wir aus dem Glas tranken, ein hinter uns wartender schwarzer Diener Champagner nachfüllte.

«Sie mit Ihrem Geld, mein Reichtum ist von ganz anderer Art, und überhaupt habe ich Hunger», sagte der Maler mitten in den beschwörenden Vortrag hinein. Ghislaine schnippte nervös mit ihren langen, dürren Fingern Richtung Diener, und sogleich wurde das Essen aufgetragen, schillernd von bunten Inselfrüchten und Fischen.

«Werden Sie unterschreiben?», fragte sie uns plötzlich lauernd.

«Gopferdammich, ich unterschreibe, geben Sie den Wisch her», rief der Maler ungeduldig, ohne mich anzusehen. Er riss die Papiere an sich, unterschrieb rasch, ohne zu lesen, grinste mich mit rollenden Augen an.

«Sehen Sie», sagte G. erleichtert.

«Wollen Sie auch unterschreiben?», fragte sie mich ironisch. Ich lachte frech. Ich dachte: «Es muss geschehen, was geschehen muss.»

Ghislaine bat jetzt die Kapelle, die sich im Hintergrund aus Eingeborenen formiert hatte, den Marsch von der Insel Port of St.Vincent zu blasen.

«Was für eine rührselige Groteske!», sagte ich zum Maler.

Dieser erhob sich abrupt vom Tisch und warf dabei das Glas um, das klirrend über den Steintisch rollte. Wie auf einen geheimen Befehl verstummte die Musik.

Er drehte als weggeworfene Nussschale über die Wellen, rief: «Halt!» Er wollte sein Herz ausschütten. Er wollte seiner Gönnerin seine unflätige Schande der Unfähigkeit gestehen. Er wollte der selbst ernannten Mäzenin alle Handlungsstränge unserer ineinander verwickelten Leben vor die Füße werfen. Er wollte seine Unwürdigkeit herausschreien und der Verzweiflung seines Suchens nach dem Bild nachgeben.

«Sehr geehrte Wohltäterin, ich bin versucht, nach Worten zu ringen», sagte er vielleicht und wollte sich so klein wie irgend möglich machen. «Es ist ein Sturz in die Welt, das hängt mir zu den Bildern heraus. Meine Bilder sind der nagende Zweifel. In größter Gefahr ist das Sehen durch die Welt. Wie ein Hund heule ich vor der leeren Leinwand nach dem Leben, das ich für einen schrecklichen Absturz lang aufgeben muss, um ins Bild zu kommen. Ich klage mich der größten Feigheit und

Zagheit an. Vor der drohenden Leere fließe ich aus zu nichts. Ich winsle die Leinwand an. Ich hebe das hintere Bein vor der Leere und kläffe in die undurchdringliche Absenz jedes Echos, ins grinsende Absolute. Was wollen Sie mit meinem Bild? Wollen Sie es auf sich nehmen, es besteigen, fahren, reiten? Fühlen Sie, dass es atmet? Hören Sie es senden? Wollen Sie mit mir in den Strudeln seiner Signale untergehen, um zu sehen? Fühlen Sie meine zerrissenen Nerven, mit denen ich das Bild ausstaffiere? Ich bin ein stürzender Song, aus mir herausschießend in die Leere. Ich bin ein aus dem Vergessen fallendes Bild. Ich schließe keinen faulen Kompromiss mit Ihnen, als faules Mitglied Ihrer falschen Parteilichkeit. Außerhalb des Bildes ist Lüge, Betrug, Diebstahl, Verachtung. Aber das Licht steuert mich schäbigen Hund, seine Einstiche in meine Haut als Bild auszuspeien. Ich muss verschwinden. Verschütten. Ich bin dazu verflucht, mich zu verbrennen. Schon habe ich alles riskiert, und das will nicht aufhören. Meine Seele an Ihre Wände zu verschwenden soll meine Leidenschaft sein. Ich bin eine Zwielichtzone zwischen Tod und Leben, so wie das fahle Flackern meiner Augen über den Körper meiner Liebsten geistert. Ich starre in die Leere. Ich blende mit den Augen in die Leere hinein. Als Lasergeschosse bohren sich die Augen in die Leere hinein, um das Bild aufglühen zu lassen aus dem Rückhalt der Zeit, wo ich schwanke und die Liebste in den Armen wiege. Ich schieße mit den Augen auf das harte, zugestrichene Weiß mit der äußersten Zärtlichkeit, und siehe, meine Königin schält sich tanzend aus der Leere, und Gnomen der Verwachsenheit, von Licht zerfressen, blutige Lemuren und fette Schakale umstreichen die Königin. Unendlichkeit mein perverses Loch in meinen Gedanken, mein Himmelskitzler tritt aus der Leere der Leinwand. Ich berühre ihn, ich tanze mit ihm, ich stürze mein Lied in ihn. Es spielt sich jenseits von der Bedeutung Ihres Geldes ab. Täglich klafft eine neue Leere aus den Sekunden, in ihr spiele ich den Totengräber der zerhackten, geschundenen Menschenleiber in meinem vermeintlich zu einer Aktie Ihrer Gesellschaft avancierten Bild. Währenddessen trommle ich mit meinem Hundeschwanz und den abgetretenen Pfoten in einem europäischen Rhythmus auf der Leere der brennenden Prärie unter entzweigemaltem Himmel, die Farbe verstreuend wie Sand, der Blut aufsaugen soll auf dem mörderischen Asphalt, auf dem verminten Kreuzweg, den ich für Sie begehe, der heißt, sich weit aufzusperren, alle Scheiben eingeschlagen auf das gottverlassene, leere Weiß loszugehen. Wiehern Sie los vor Lachen! Lassen Sie Ihre Stimme kreischen. Ich schwärme aus in die Ausfältelung unserer atmenden, porösen Grenzen, wo der wahre Hund das rachenaufreißende Bild in Ihrer Sammlung ist. Ich werde bei Ihrem Anblick das Kreuz an Ihre Wände schlagen, denn Sie sind Zeuge meiner Anmaßung, dem Leeren die Stirn zu bieten, was für ein verwegen eitler Geck ich bin, mit Ihrem Verständnis liebäugelnd, rasple ich Ihnen meinen unverständlichen Song in Ihre Suppe. Sie wollen mich also anpassen? Es ist Zeit, dass Sie meine Erlösungssucht erkennen, meinen unglücklichen Trieb zur Heiligkeit durchschauen. Bitte lachen Sie nicht, ich glaube, das Heilige im Künstler gefunden zu haben. Ich verharrte jahrelang in supponierter Machtlosigkeit vor der weißen Leere, in immer tiefere Trance fallend. Und wen haben Sie jetzt vor sich? Ich wische zärtlich in die Leere. Abgeriebene Häute färben das Gletscherweiß, das Weiß der Gipfel. Die Tränen fallen ins Bild, wenn ich Ihnen zugrinse. Ich maße mir an, eine Vielheit zu bilden im unausgesöhnten, schwarzen, in mein Bild geworfenen Tanz. Es ist mir schon geschehen, bevor ich es weiß: vielleicht in einem Gefängnis? In einer verborgenen Höhle in einem versteckten Wald? Vielleicht bin ich ein verirrter Blutstropfen auf dem weißen Screen? Eine Nuance Ihrer Mattscheibe? Dem Wahnsinn verschwisterter Abgrundgucker? Eine Gullyfigur mit Totenrändern unter den Fingernägeln, und indem ich Sterbenden zusah, bin ich ein Auge geworden, das auf dem festen Boden Ihrer vermeintlichen Realitäten herumhüpfen soll als Basedowsche Krankheit Ihrer Blindheit. Tönt das irre Gelächter aus Ihrem Gemäuer oder aus meinem Blut, auf das ich ein Segelschiff setze und in die offene Leere hinaussteuere, durch die löcherigen Grenzen meiner entsetzlichen

Beengtheit, meiner schmählichen Zwergenhaftigkeit vor der gestellten Aufgabe, verehrte Mäzenin.»

Der Maler wiegt sich im gehetzten Sprechen. Er ist nicht zu bremsen. Ghislaine sitzt, schön auf einen Ledersessel hingegossen, und hört genießerisch zu. Sie räkelt sich im Redefluss des Malers. Im Hintergrund haben die Musiker ihre von der Sonne erhitzten Instrumente auf den Rasen gestellt. Der Maler sieht nichts. Er verdreht seine Augen in einem ohnmächtigen Zwang, in sich hinunterzuschauen. Auf meiner Haut stützt er seine Antennen ab, um nicht den Boden unter den Füßen zu verlieren im Nachinnensehen.

«Ein fallendes Bild bin ich», sagt er. «Ich bin ein stürzender Song», ruft er. «Ich will alle 360 Grade des Raumes in seinen milliardenfachen Verzerrungen sehen.» Er fährt sich mit der rechten Hand durch die schweißnassen Haare. «Ich bin nur ein trügerisches Anagramm meines Schattens. Ich habe die Mauselöcher meiner Kindheit gefickt, um in die Geschwindigkeit des Weltalls eintreten zu dürfen. Klebt nicht noch feuchte Erde an meinen Knien? Ich ging jeden Tag in den Wald und habe die Augen mit zugespitzten Holzspießen aufgesperrt, um den Boden und den Himmel gleichzeitig zu sehen. Eine Löcher brennende Brennlupe bin ich in Ihrer manikürierten Hand», sagte er dann zu Ghislaine, die nachdenklich den Blick vom Anwalt zum Maler wandern ließ. «Heute nehme ich meinen Platz hinter den Faxen Ihrer Macht ein. Aber eine misstönige Melodie folgt mir auf Schritt und Tritt:

I could be wrong
I could be right
I could be black
I could be blue

Die Steine muss ich mit meinem Bild erweichen. Das ist mein ganzer Vorwitz und Wahnwitz in meiner Wucherung und Ausformung ins letzte Loch an der Flöte des Todes. Dieser freche Pinsel und Hagestolz, den Sie gekauft haben, lässt sich von

Ihnen nicht über die Knie legen. Ich schieße Ihnen unter den Händen davon in einer fliegenden Umarmung mit dem Bild. Doch hinter mir lauert die größte Blasphemie. Ich übe und übe und übe die absolute Vereinigung. Ich stelle folgende Supergottheit in den feuchten Tabernakel: absolute Liebe, absolute Zweiheit, absolute Verschwendung. Dieser Absolutismus frisst ein kreisrundes Loch in die allgegenwärtige Leere. Ich will Ihnen sagen, mit wem Sie sich eingelassen haben. Ich werfe mich in Fetzen vor die Füße der Nächstbesten. Das Bild ist eine Wunde. Eine frech klaffende Wunde. Ich bin der Hund, der diese Wunde in die Wände Ihres modernen Schlosses hineinbeißen soll. Ich bin die ganze meuternde Menge in mir, das haben Sie gekauft. Ich bin das ausstürzende Gefäß, die zerschmetternde Schale, das bin ich. Ich bin ein Auge, jeder Sarg, den ich gesehen habe, steckt als Klinge mitten durch die Pupille. Ich sehe jedermann in meiner Pupille mit genagelten Schuhen um sein Leben tanzen. Und diese Pupille steckt an Ihrer silbernen Gabel!»

Der Maler stockte. Er sah plötzlich aus seiner Halluzination auf. Er lächelte mir zu, er lächelte Ghislaine zu.

Ghislaine hob das Glas und prostete uns zu. Wir ließen sie am langen Tisch sitzen. Ein letzter Streifen Sonne fiel auf ihr eigensinnig lächelndes Gesicht.

Ein Job fürs Leben

Wo anfangen? Wie beginnen? Alle Fasern des Körpers des Malers zogen sich zusammen. Von einer fremden Macht überfallartig besetzt, rannte er durchs Schloss und fragte sich, wie er ins Mammutwerk einsteigen könnte. Er nahm mich an beiden Händen, es sprudelte Idee um Idee aus ihm heraus. Aber verglichen mit einem zukünftigen Bild konnten seine Worte nur Phantome bleiben. In einer der ersten Nächte schreckte er brüsk aus dem Schlaf aus meinen Armen und trommelte mich wach: «Ich muss sofort das Projekt für die Bibliothek in Auftrag geben.» Er sah mich mit fanatischem Blick herausfordernd an. Aber wie tief ich auch in ihn hineinschaute, ich konnte ihn nicht erreichen. Er trommelte mit beiden Fäusten an seine Schläfen. Sein Blick verlor sich irgendwo weit hinter mir. Ich sah das Blut in seiner Halsschlagader klopfen. Er drückte auf die Service-Klingel. Ein Diener erschien, gekleidet in die fantasievolle Uniform des Kapitäns eines nicht existierenden Schiffes.

«Bitte rufen Sie sofort Ghislaine an unser Bett.»

Ich glaubte meinen Ohren nicht zu trauen. Der Maler warf mir einen riesigen afrikanischen Affenfellmantel zu.

«Bedecke deine Blöße, mein Schatz», sagte er.

Wir saßen aufgeschreckt auf unserem schwarzen Seidenbett, das von einer indigoblauen Decke aus Kamerun abgeschirmt war und mitten im noch gähnend leeren Zeichnungssaal stand, auf einem 50 Zentimeter hohen Stapel von Perserteppichen. Ghislaine kam, ungeschminkt, verschlafen, schwarze Ringe um die Augen. Sie sagte:

«Aber Sie brauchen mich doch nicht, Ihr Wille wird auch ohne mich geschehen.»

«Schon gut, Ghislaine! Trotzdem hatte ich das Bedürfnis, Ihnen darzulegen, an welcher Ecke des Schlosses das Kunstwerk (dieses Wort betonte er übertrieben) angepackt werden muss.

Bitte heuern Sie noch heute Nacht einen Analphabeten an drunten am Hafen. Er soll Artauds Text ‹Van Gogh, der Selbstmörder durch die Gesellschaft› Buchstaben für Buchstaben auf die Wand übertragen. Bitte!»

Sein Blick machte mir Angst. Es war, als wollte er einen Traum, den er soeben geträumt hatte, in die Wirklichkeit umsetzen. Ghislaine verneigte sich förmlich, die ganze Situation war bizarr.

«Dem steht nichts im Weg, alles ist bereits veranlasst. Gute Nacht.»

Langsam und gemessen entfernte sie sich. In ihrem Gang lag etwas Roboterhaftes, unpassend Schreitendes, das mich traurig stimmte. Gerne würde ich ihr Gesicht beschreiben, wenn es mir möglich wäre, weil sich genau in diesem Gesicht ihre Macht bzw. ihr Machthunger am exaktesten mitteilte. Trotz ihres ständigen nervösen Lächelns wirkte sie distanziert, durch eine heimliche Bitterkeit, durch einen geheimen, inneren Schmerz absorbiert. Der Maler schien sie aber kaum wahrzunehmen, so besessen war er von seiner künftigen Arbeit und deren Ausmaß. Ihr Gesicht aber, als sie sich in der Türe noch einmal zu uns umwandte, schien geradezu sagen zu wollen: «Ich teile meine Macht mit euch, wir sind Komplizen.» Genau das wollte der Maler nicht wahrnehmen. Später kamen wir dahinter, wie sie sich ihre Position vorstellte. Während wir durch das Schloss aufgefressen wurden, jonglierte sie bereits auf schamlose Weise mit dem Werk des Malers auf dem internationalen Kunstmarkt. Mithilfe der einschlägigen Presse, die sie aufgekauft hatte, manipulierte sie drauflos und zog eine erbarmungslose Vermarktungsmaschinerie auf. Oder wollte sie mit seinen Bildern etwas verbergen, das hinter oder unter diesem befremdenden Schloss lag?

Ein Arbeitsrausch packte uns. Der Maler nahm die Arbeit am großen Festsaal in Angriff, der sternförmig erbaut war. Das ließ uns an eine mittelalterliche Kathedrale denken, wäre da nicht dieser besondere Architekturstil gewesen, der an ein obszönes Kriegsschiff erinnerte. Gemäß unseres Weges arbeitete ich im

Geheimen, ohne dass Ghislaine oder irgendjemand ihres Kreises das Recht hatte, sie zu sehen, an meiner kleinen Ikone, deren Magie ganz uns vorbehalten und mein Gespräch mit seinen Bildern ist.

«Male du das Kirchenbild unseres Schlafzimmers», sagte der Maler. «Male den geheimen Luftlandestützpunkt unserer Seele. Deine Ikone wird uns den Weg aus dem Schloss weisen.»

Die Sonne schien jeden Tag genau gleich hart. Ich saß tagsüber vor dem offenen Zeichnungssaal im Schatten einer Palme an einem großen, glatten, runden Marmortisch und malte mit den feinsten Pinseln, die es überhaupt gibt. Der Maler hatte sich wie ein Affe auf den Schiebegerüsten im großen Ballsaal eingerichtet. Er wollte gleich zu Beginn, sozusagen als Vorgabe, ein riesiges, feuriges Werk in das Schloss hineinsetzen: einen in roten Frauenflammen gemalten Ballsaal mit Tausenden von nackten Frauen, die, wie Raketenbündel gestaffelt, über die Wände schossen in einem bluthellen, fleischigen, gereizten, fließenden Rot gemalt, oft die Lippen der in Verzückung weit aufgerissenen, feuchten Münder mit Trauben von roten Rubinen und Granatsteinen besetzt. Der ganze Saal schien zu brennen, als er nach 39 Tagen und 39 Nächten seiner Vollendung entgegenging und ich unten auf dem Gerüst saß und ihm zusah, wie er die letzten Tiefen des Gemäldes mit dunkelrot verschmierten Händen auftrug. Der Maler stieg vom Gerüst, er sah aus wie ein Geist, so tief schauten seine Augen durch seine quälende, wochenlange Überwachheit. Er war von Anfang an dem Drang, am Rande des Wahnsinns zu malen, gefolgt.

«Dieses Riesenbild bleibt noch ein paar Wochen unter uns», sagte er. «Sie hat gedacht, dass ich allein an diesem Saal ein Jahr arbeite. Jetzt habe ich einen Vorsprung gewonnen. Aber was mit meinem Körper bei dieser Arbeit geschehen ist! Hat er sich nicht zu unserem Auge ausgewölbt? Der Körper wurde krank, bis er zum Auge wurde vom Volumen des sternförmigen Saales. Fremde Schemen rasten durch ihn, und er hat sie bekämpft, indem er sie sichtbar machte. Die Netzhaut ist ‹der

Screen der Weltbevölkerung›, ‹See des zeitlosen Nirgendwo›, ‹*going to go deep*›, Fieber der absoluten Gesundheit, Auswölbung der Haut des ganzen Körpers zur Netzhaut des Bildes. Bild: Netz, in dem eine Schwalbe gefangen zittert. Ich habe mit unserem blutdurchschossenen Doppelherz gemalt.»

Ich lächelte ihm beruhigend zu.

Ghislaine war für eine Zeit weggefahren, aber bald sollte sie zurückkommen. Er brachte einen Kübel kochenden Teer herbei, zog Lederhandschuhe über. Lachend schritt er mit der Teerpfanne direkt auf die Spiegelsäule von 3 Meter Durchmesser zu, die im Zentrum des sternförmigen Saales rot glühte, und begann, mit den Händen den heißen Teer in blitzschneller Linie und in der Form eines niedergekauerten, auf einen Stern am Boden starrenden Mannes auf den Spiegel aufzuzeichnen. Er verhinderte in rasendem Arbeiten, dass der Teer hinunterlief, modellierte ihn mit hartem Druck, bis er auf dem Spiegel als schneidende Linie erkaltete. Die Ausstrahlung des Saales war sofort verändert. Die roten Frauen ringsum und auf der Decke schienen am schwarzen Mann auf dem Spiegel zu lecken.

Wir riefen Gary, unseren sogenannten V-Mann, herbei. Er war dafür zuständig, uns alle Wünsche von den Lippen abzulesen und zu erfüllen. *Go between* nannten wir ihn. Er war klein, ziemlich fett und trug eine viel zu große Hornbrille mit dicken Gläsern, durch die es schwierig war, seinen Blick zu erhaschen. Meistens hielt er sich hinter der Türe jenes Raumes auf, in dem der Maler gerade am Arbeiten war. Nach seinen Erzählungen war er ein ehemaliger Kunststudent aus Dallas, der sein Studium aufgegeben hatte, weil seine Augen schlecht waren. Er fungierte auch als Puffer zwischen der herrisch daherschwafelnden Ghislaine und dem Maler, der keine Lust hatte, ihr zuzuhören, und diesen Job versah er mit viel Feingefühl. Er hatte nicht allzu viel zu tun. Meistens lag er in einer Hängematte und las in seinen Kriminalromanen. Weiß der Teufel, wo Ghislaine ihn aufgelesen hatte. Er las also im Vorraum des großen Ballsaales und wartete oft tagelang, bis wir etwas für ihn zu tun hatten. Dabei aß er ununterbrochen Erdnüsse. Gary kam jetzt, und der Maler sagte zu ihm: «Wenn du etwas tun willst, kannst du das erste Bild genießen.» Gary wanderte durch den Festsaal.

Die ca. 250 Bewohner des Schlosses wollten alle für uns arbeiten. Jeder trug sein Namensschild, wie in einer Fabrik, außer unsere persönlichen Leibwächter. Diese hielten sich vorerst in respektvoller Distanz und blinzelten uns manchmal von Weitem zu. Sie waren von Anfang an dazu auserkoren, unsere Reisen zu begleiten. Denn da warteten unsere Ateliers: der Duplex-Loft in N. Y. City, etwas Ähnliches in Berlin, das Grachtenhaus aus dem Goldenen Zeitalter in Amsterdam, das *maison particulière* im Marais von Paris, die Klippenvilla in Marokko, das Berghaus in Sils-Maria, die 16-Zimmer-Stadtwohnung in Rom mit den Stuckaturdecken. Außerdem gab es noch ein Hotel-Guesthouse in Madrid und eines in London. Alle diese Unterkünfte waren mit Künstlermaterialien ausgerüstet. Dienerschaft stand auch dort, auf Abruf bereit.

Wenn wir auf der Insel spazieren gingen, begegneten wir nur wenigen Menschen. Jedermann war gehalten, uns in Ruhe zu lassen, was uns nur noch scheuer machte. Im Hafen lagen ein paar superschnelle, ziemlich große Jachten. Die schönste hieß *Barracuda* und war ein glänzend schwarzes, wie ein Sarg lackiertes, schnittiges Schiff mit starkem Motor, ca. 21 Meter lang. Die Besatzung schien darauf gewartet zu haben, dass wir um eine Ausfahrt baten. So begannen wir, uns daran zu gewöhnen, am Morgen früh nach durchgearbeiteten Nächten barfuß an den Hafen hinunterzuwandern, Hand in Hand, und mit den 6 Seeleuten der *Barracuda* für eine kürzere Fahrt durch die Korallenriffe auszulaufen, bevor wir dann versuchten, ein wenig Schlaf zu finden in unserem auf einem fahrbaren Podest hinter der Kamerundecke thronenden Bett im Zeichnungssaal. Die Männer der *Barracuda* waren freundlich, hilfreich, immer zu vielen Späßen aufgelegt, tauchten für uns nach den schönsten Muscheln und Perlen, blieben aber immer distanziert, wollten nichts von sich erzählen. Der ehrerbietige Ton, mit dem man uns ansprach, verwirrte uns. Wir hörten «die Stimme Ghislaines» in ihren Stimmen. Aus den Seeleuten haben wir zumindest ein paar Sachen über sie herausgekriegt. Sie sprachen von ihr wie von ihrer Göttin. Sie beherrsche persönlich 85 Prozent des größten multinationalen Trusts der Erde, sie lebe spartanisch, arbeite wie ein Pferd, habe die höchsten Machthaber der Welt zu Gast, sei immer liebenswürdig zu den Angestellten – das Loblied hatte kein Ende. Der Steuermann Abel sagte bewundernd, sie fliege über 300 000 Kilometer pro Jahr. Sie sei die größte Kunstsammlerin der Weltgeschichte, behauptete der Kapitän. Alle schienen sich jedenfalls auf Ghislaines Schiff zu Hause zu fühlen.

«Wie lange brauchen wir mit der *Barracuda* zur nächsten bewohnten Insel?», fragte ich.

Der Kapitän dachte lange nach und sagte dann misstrauisch: «24 Stunden.»

«Aber wir haben doch den Jet, den Helikopter», schoss es mir durch den Kopf. «Wir sind doch nicht gefangen?»

«Ghislaine hat uns ein angebliches Auge von Goya in einer Alkohollösung zum Geschenk gemacht», sagte der Maler, völlig aus dem Zusammenhang.

Der Kapitän schaute unangenehm berührt von seinem Instrumentenpult auf.

Eines Morgens – das Bild des großen Ballsaales war gemalt – zog sich der Maler in mein Bett zurück, das ich in den geschlossenen, terrassenartigen Garten vor dem offenen Zeichnungssaal gestellt hatte, mitten in die Blumen, die Tische im Hintergrund waren bereits mit Dutzenden von Plänen und Zeichnungen überwuchert, aber der Maler hatte überhaupt keine Lust, in diesem Tempo weiterzuarbeiten. Selbstzweiflerisch lungerte er in meinen Armen.

«Eine ewig weiterfließende Linie penetriert mein Gehirn, und ich muss sie stoppen. Ist es nicht absurd, meine Bilder auf dieser abseitigen Paradiesinsel einzusperren?»

«Wir können uns nach New York davonmachen und uns dort nach dem Duplex-Loft in der Greenwich Street umsehen», schlug ich vor.

«New York, just another candy store of Ghislaine. Gary», sagte er, als dieser den Kopf in den Garten hineinsteckte, «wir gehen nach New York.»

«Wenn ich mir erlauben darf zu bemerken, dass heute Nacht Ghislaine zurückkommt. Wollten Sie ihr nicht den Ballsaal zeigen?»

«Der Ballsaal bleibt geschlossen», antwortete der Maler mit überdeutlicher Stimme. «Es kommt noch ein Brunnen hinein mit einem Wasser speienden, erigierten Riesenphallus.»

«Okay», sagte Gary grinsend, «in ein paar Stunden ist das Flugzeug bereit.»

Da nahm mich der Maler an der Hand. Mit unseren Affenmänteln aus Afrika ausgerüstet, spazierten wir an den sich endlos wie eine Mondmuschel ausdehnenden, weißen Strand hinunter, wo wir uns liebten, über und über verklebt mit Schweiß und Sand, so, als gälte es, eine verzweifelte Tiefe der Empfindung anzustreben als letzten Schutz in dem gefährlichen Unternehmen, in das wir ungeplant plötzlich verwickelt waren. Wir lagen im Schatten einer überhängenden Riesenagave, und die Wellen schlugen gleichmäßig an unsere Füße im Rhythmus unserer Körper.

Stunden später saßen wir im Flugzeug nach New York. Im andern Abteil lungerten Gary und die 4 Leibwächter herum sowie Sarah, die Koordinatorin. Sie tranken wie wir den Champagner von Ghislaine.

Genau 24 Stunden hat unser erster Aufenthalt in unserer neuen New Yorker Absteige gedauert, Helikopterlandeplatz auf dem Dach des Gebäudes Downtown Manhattan, nah am Hudson River gelegen, mit großer bewaldeter Terrasse, mit Angestellten-Suite, 300 m² *working space* und unserem mit frischen Leintüchern überzogenen, schwarzen Bett unter dem Kameruntuch, und bereits um das Bett herum aufgestellt: jene Geschenke aus

Amsterdam, die anscheinend immer mit uns mitreisen mussten. Ich stellte die Kristallkugel sofort auf die Terrasse hinaus und versteckte die Pistole in einer Schublade unter dem Bett. Der Maler wollte sich vom sogenannten Auge Goyas nicht trennen. Den Dolch trug ich in meiner Handtasche. Er hatte sich eine Unze kalifornisches Gras ins Atelier bestellt, drehte ein paar Dutzend Joints. Wollten wir hier lange bleiben? Wir lagen auf der Dachterrasse und schauten durch den milchigen Morgen über den Fluss, auf dem die Schiffe hochstiegen.

«Was denkst du?», fragte er und blies den Rauch aus der Nase.

«Sollen wir hier entwischen?»

«Wohin?»

«Die Beschützung ist hier zu gut organisiert.»

«Da liegt alles nötige Material – aber wenn schon arbeiten, dann im Schloss.»

«Wir können uns auch nach Berlin fliegen lassen und dort ein paar Nächte lang tanzen und in der Nacht stadtwandern, bevor wir in unsern Südseegarten zurückkehren.»

Ich blieb hier unbehaust. Direkt aufs Hausdach geflogen, konnte ich in Manhattan gar nicht ankommen.

«Lass uns durch die Straßen laufen, Arm in Arm, und die Bilder der Stadt aufsaugen.»

Wir zogen los, wir fühlten von Anfang an, dass uns die Leibwächter folgten als Komplizen, wie sie sich mit Winken zu erkennen gaben. Wir riefen sie herbei.

«Kommt mit uns auf Tour durch Chinatown.» Sie waren begeistert. Wir zogen los, zu Fuß, wanderten stundenlang, gelangten endlich nach Chinatown, um dort ein geheimes, schmutziges Hinterhaus zu betreten. Wir fühlten uns mit den 4 wohltrainierten, immer fröhlichen schwarzen Kung-Fu-Spezialisten unverletzbar. Der älteste der vier, der seine Krauselhaare rostrot gefärbt trug, spielte unseren Manager und kaufte uns in einem chinesischen Bordell eine Wasserpfeife, an der wir ein paar Stunden träumerisch sogen, auf Kissen liegend. Die 4 vertrieben uns die Zeit mit ihren Späßen, indem sie immer wieder eine Szene aus einem Bruce-Lee-Film vorführten, die auf dem Hongkonger Friedhof spielt.

«Lasst uns Tequila Sunrise trinken gehen in die Canal Street», schlug jetzt der Maler vor. Wollte er sich in einen gefährlichen Exzess steigern? «Das Schloss ruft, das Schloss ruft», sang er auf der Strasse, ich nahm ihn fest an die Hand. Wir passierten einen Shop für *living chickens*. Plötzlich wurden die auf der Strasse deponierten schwarzen Abfallsäcke lebendig, und Tausende von Ratten strömten heraus, in den Laden zurück. Wir jauchzten. Dann begegneten wir ein paar Squattern, die in Kartonschachteln wohnten. Einen davon konnten wir dazu überreden, mit uns zu kommen. Er nannte sich Ezra. Er sei in Phnom Penh gewesen. In der Bar Corner Westbroadway Canal liessen wir 2 Dutzend Tequila Sunrises kommen, es war noch Vormittag, die Bar war leer, der Staub tanzte im ersten Sonnenschein. Der Maler goss Drink um Drink in sich hinein. Er hatte mich und unsere ebenfalls trinkenden Begleiter, die sich an der Jukebox zu schaffen machten, vergessen und begann, wie ein Verrückter von seinem Heimatdorf im Jura zu erzählen, dass er alle gottverfluchten Inseln für einen halben Tag «zu Hause» im Wald hergeben würde, und wären diese Inseln der Arsch von Rembrandt selber. Er sprach von der Fronleichnamsprozession in seiner Kindheit, dass, wenn er, als Ministrant mit dem Kreuz der Prozession voranschreitend, um eine Ecke gebogen sei, die Bäuerin aus dem Stall auf den blumenbekränzten Brunnen zugerannt sei und hastig die Musikdose auf dem kleinen Boot, das auf dem Brunnen schwamm, in Gang gesetzt habe. Jedes Jahr habe er bei dieser Beobachtung geweint. Er könne sich noch heute nicht vorstellen, weshalb. Dann kam er nach zwei weiteren Drinks auf die Schweiz zu sprechen, wie er sie «hassliebe, hassliebe», rief er in die Bar hinaus, «Ich will mich darüber nicht klar ausdrücken, hörst du», sagte der Maler und schaute mich mit einem verzweifelten Ausdruck an. «Obwohl ich für die Schweiz nur ein Stück abgetriebener Abschaum bin, kann ich sie nicht vergessen. Ich liebe die Alpen. Ich liebe Giacometti, ohne Giacomettis Stimme im Ohr bin ich verloren.

Ich spreche mit ihm. Er warnt mich vor der Schweiz. Ich höre ihn. Ich liebe die Alpen, das ist das Gesicht Giacomettis.» Ezra stand verhutzelt vor uns und wollte auf Giacometti anstoßen, er hatte diesen Namen irgendwie aufgeschnappt. «Hurra Giacometti», rief er, «hurra Giacometti.» Ich streichelte die zusammengepresste Stirn des Malers, er trommelte mit den Fingern auf meiner Schulter. Zwei Heroindealer spielten mit unserer Leibwache Billard. Alle tranken ausgiebig. Dann kam die Limousine. Wir fuhren die Avenue of the Americas hinauf, die Löcher der Straße ließen uns im schnell fahrenden Auto auf und ab hopsen, der Maler streckte bei jedem Hopser seine Hand zwischen meine Schenkel. Einer der Leibwächter legte eine weiße Line auf der Autobar.

«Ich will nicht, dass du das auch noch reinziehst», sagte ich zum Maler.

Er sagte: «Bist du verrückt, ich brauch doch keine solche weiße Scheiße. Wer weiß, was Ghislaine hineinmischt.»

Ezra sagte: «In den Alpen leben sie noch wie in Afrika und beten Masken an.»

Der Maler umarmte ihn. Der Rolls, der neben uns fuhr, hupte. Jemand winkte uns zu. Es war Ghislaine. Der Maler streckte eine lange Zunge heraus, steckte die Daumen in die Ohren und drückte die kleinen Finger in die Nasenlöcher. Ghislaine schaute mit einem amüsierten Mündchen herüber. Unser Fahrer fuhr auf den Parkplatz vor dem Hilton, wir stiegen aus und folgten Ghislaine in die Bar.

«Das hier ist Ezra, mein bester Freund», stellte der Maler ihn allen vor. Sie aber machte uns mit mehreren amerikanischen Anwaltstypen bekannt, wir schauten gelangweilt drein.

«I'm from Switzerland, Sir», sagte der Maler überflüssigerweise zu jedem, dem er die Hand schütteln musste, und lachte dabei.

«Wie schön, dass Sie auch in New York sind», sagte Ghislaine scheinheilig. «Ich gebe heute Abend einen kleinen Empfang in meiner Hotelsuite und wäre dankbar, wenn ich Sie ein paar leitenden Herren meiner Firma vorstellen dürfte.»

«Da wird nichts draus, Ghislaine», sagte der Maler brüsk. «Laden Sie anstelle von uns Ezra ein. Wir fliegen sofort auf die Insel zurück. Ich gehe dort aus 1000 kg Haschisch eine Skulptur zu Ehren von van Goghs Ohr errichten!» Unterdessen war auch eine kalifornische Galeristin des Malers aufgetaucht.

«Du siehst gut aus, mein Junge, man hört ja gute Dinge von dir, große Dinge», sagte sie sofort zum Maler.

«Man kann sagen über mich, was man will, meinetwegen dass ich eine Hure sei, aber man kann nicht sagen, dass jemand fähig ist, meine Bilder zu sehen.» Der Maler sprach wie ein Irrer auf die Galeristin los, wieder über die Schweiz, wie er den Jura nicht vergessen könne, wie er die Alpen liebe und dass er sich wundere, weshalb er eigentlich nicht ausschließlich in unserem Berghaus in Sils-Maria arbeite.

«Stell dir vor», flüsterte er mir zu, «wir haben sogar ein Berghaus in Sils-Maria.»

Begriff er wirklich erst jetzt, was mit uns geschehen war?

«Ach, wie schade», klagte Ghislaine ohne Hoffnung, «ich wollte Sie heute dem Direktor des effektivsten kunstwissenschaftlichen Instituts der Welt vorstellen. Er plant nämlich – das sollte die Überraschung sein, die wir heute feiern wollten –, er plant eine vollständige Erfassung Ihres Gesamtwerks durch die Computer seines Instituts, eine Arbeit, die noch nie für einen Künstler unternommen wurde.»

«Ich stelle magische Bilder her, keine Chips, verdammt noch mal. Wie kann man glauben, dass mein Werk von einem Computer erfassbar ist?», fauchte der Maler. «Ezra, hörst du das?» Und zu Ghislaine sagte er: «Geben Sie Ezra bitte 10 000 Dollar. Er hat sie dringend nötig.»

Ghislaine schrieb wortlos einen Check für Ezra, der seine schmutzigen Finger ins Whiskyglas hängen ließ und weinte.

«Lass uns auf die Insel zurückfliegen.» Der Maler zog mich zur Bar hinaus.

«Sie mit Ihrem Auge von Goya, Sie Leichenfledderin», schrie er Ghislaine an, als wir die Bar verließen, um einer langen Zeit vollständiger Nüchternheit auf der Insel entgegenzufliegen, einer Nüchternheit bei Wasser und Früchten aus dem tropischen Inselwald, die aber, wie Alkohol und Drogen, in einen nicht mehr zu stoppenden Rausch führen sollte.

Wir landeten spät in einer mondlosen Nacht. Das Rollfeld lag direkt am Wasser. Im Hintergrund leuchtete das Schloss, in rotes Licht getaucht. Wir spürten, dass jetzt der große Kampf begann. Würde uns die Insel mit ihrer wuchernden Vegetation und dem prallen Sonnenschein erwürgen? Würde uns das Schloss verschlucken, dass es kein Zurück mehr gab in unser Leben?

Noch in derselben Nacht ließen wir das Bett, das zauberisch nach unseren vereinigten Körpern roch, in eine der 41 Suiten im Gästeflügel bringen. Die Materialwagen mit den Ölfarben wurden herangerollt, eine Riesenpalette eingerichtet.

«Ich habe einen tiefen Frieden in meinen Nervenfasern. Ist nicht das Schwanken des Flugzeugs immer noch aufregend in die Festigkeit unserer Berührungen gemischt? Könnte nicht die Mattigkeit des Körpers dieser heißen Nacht im Flugzeug zu meinem Instrument werden, um das wahre Bild zu gewinnen? Jeder einzelne Raum, der zum Bild führt, wird falsche Erwartungen wecken, die sich mit dem nächsten Raum zerschlagen müssen. Die Gästesuiten werden diejenigen beherbergen, die den Finger am Drücker haben. Ich werde 3 Suiten ganz in Schwarz malen. Schwarz in Schwarz. Hundert Stufen von Schwarz ins tiefste, matteste, leerste Schwarz hinunter, Rebenschwarz, Nachtschwarz, Lampenschwarz, Ruß, Teer – totes, leeres Auge. Hier sollen diejenigen schlafen, die immer ein rotes Telefon mit sich führen, einen heißen Draht in die Kommandozentrale der Höllenmaschinerie.»

Unsere Tage und Nächte begannen jetzt ineinanderzulaufen, und die Zeit verlief in einem einzigen, ungegliederten Rutsch ins Uferlose und verlor jeden Namen. Wir wuchsen mit der Insel zusammen. Spaziergänge am leeren Strand, Schwimmen in der *blue lagoon* im türkisfarbenen Wasser mit roten Flecken, langes Beisammenliegen in einer Felsgrotte knapp über dem regelmäßig anschlagenden Wasser, und wenn es dunkel wurde, malte der Maler. Die drei schwarzen Suiten, die jedes Licht schluckten, standen ausgemalt wie 3 dunkle Rätsel am langen Korridor, der die Form eines langen, leicht angewinkelten Frauenschenkels hatte. Mit den bloßen Händen hatte der Maler die schwarze Farbe in vielen Nächten hintereinander in seinem Tanz aus dem Körper auf die Wände übertragen. Wenn man lange in die schwarzen Wände hineinschaute, tauchte das Schloss selber wie ein rotierendes Messer auf, es bestand aus einer tiefen Struktur aus sich durchdringenden Figuren. Die verkohlten Körper schienen zu leben.

«Wer in diesen Räumen schläft, wird verrückt erwachen», sagte ich. «Wir nicht, uns macht es stark, im Schwarzen zu schlafen!», fügte ich bei.

Die großen, dunkel abgetönten Schiebefenster standen offen, man sah auf eine Zeder. Jetzt aber wurde das Bett in die mittlere der 3 nächstliegenden Suiten verschoben: Diese würden ganz in Weiß gehalten werden. Unser Bett war flankiert von den Geschenken aus dem schlossartigen Korb, denen wir scheele Blicke zuwarfen. Wilde Orchideenzweige von den Inselwäldern schmückten unsere zeltartige Schlafstatt mitten im chaotischen Arbeitsvorgang. Über die von einer Zentrale aus gesteuerten Lautsprecher ließ sich der Maler tausendmal hintereinander Jim Morrisons Song *The End* abspielen. Dann wieder Bowie, Talking Heads, Talk Talk usw. Vom täglichen Spaziergang nach Solitude Beach waren wir braun geworden, dünnhäutig und zäh. Wir gingen fast nackt. Ich rieb den Maler vor der Arbeit mit einer Crème ein, sodass er sich leicht von der Farbe, mit der er sich immerzu beschmierte, reinigen konnte.

Nun kam eine Suite Weiß in Weiß zur Ausführung. Gerade als der Maler auf einem Rolltisch die verschiedenen Weiß zu mischen begann, erschien Ghislaine in der Türe, flankiert von zwei Topmanagern.

«Störe ich?», fragte sie überflüssigerweise. «Darf ich Sie zu einem Dinner mit meinen beiden Freunden einladen?»

«Nein, wir nehmen an keinem *social life* teil, bitte lassen Sie uns konzentriert arbeiten.» Der Maler knetete verbissen die weißen Farben weiter durcheinander. Langes Schweigen. Er schwitzte und wurde bleich. Mit einer ironischen Verbeugung verabschiedeten sich die 3 stumm. «Warten Sie», rief der Maler, «ich habe Ihnen etwas zu zeigen!»

Verdutzt drehten sie sich um, der Maler lief, mit seinen von weißer Farbe verschmierten Händen gestikulierend, zur Suite Nr. 1, ließ öffnen und führte, Ghislaine am Arm nehmend und sie bekleckernd, hinein. G. stand da, als hätte man sie in die Hölle geschubst. Die 2 Herren in den Nadelstreifenanzügen blickten ratlos in die Schwärze der Wände, als hätten sie sich verirrt. Der Maler nahm mich hinter ihrem Rücken am Arm, leise entfernten wir uns. Wir ließen sie schockiert stehen und schlossen uns wieder in der weißen Suite ein. Wir saßen einander gegenüber auf dem Bett, der Maler hielt seine weißen Hände in einem roten Tuch verborgen und schaute unverwandt in meine Augen, die wiederum unverwandt in seine Augen schauten. So verging der Nachmittag, der ohne Dämmerung in die Nacht kippte, die uns unsäglich lange umfangen hielt.

Am nächsten Morgen lag auf dem Rolltisch mit dem Morgenessen, das immer den Früchten der Insel gewidmet war, ein Brief von Ghislaine. Wieder die charakteristisch kleinen Buchstaben. Sie bat darum, den Festsaal sehen zu dürfen. Sie sprach von den tiefen Eindrücken, die die Gästesuite Nr. 1 in ihr hinterlassen habe, wie aufgewühlt sie davon sei und erschüttert. Das Schlafgemach werde auf denjenigen, der die Ehre habe, diese Suite bewohnen zu dürfen, eine läuternde Wirkung haben. Sie sei stolz, und sie bewundere die rasche Ausführung und die verzaubernde Ausstrahlung des Werkes. Sie habe viel Verständnis, dass wir allein sein wollten, sie bitte einzig darum, sich ein paar Stunden im Festsaal ergehen zu dürfen usw. Sie schrieb immer in diesem gespreizten Stil, der exakt ihrem Gang und ihrer Körperhaltung entsprach.

Wir ließen unser Bett ins Zentrum des roten Festsaales fahren, denn wir hatten Ghislaine dahingehend geantwortet, mit einem ironischen Zwinkern, dass das *Jus primae Noctis* auf unserer Seite liege. Wir wollten eine erste Nacht im roten Bild verbringen, bevor es öffentlich wurde. Diese Nacht im roten Bild des Festsaales war von Anfang an eine wuchtige Berührung. Unsere Haut schimmerte vom Bild rötlich wie aufgeraute Scham und changierende Seide, und jeder Tropfen Speichel, der von dem einen in das andere hinüberfloss, glitzerte wie die Diamanten auf Schiphol in den Regalen der Duty-free-Diamond-Dealer. Es ist ein Tanzschiff meiner Zunge in deinem Blut. Voneinander durchdrungen, saßen wir auf dem Bettrand und hielten uns umschlungen. Das rote Bild teilte sich wie das Rote Meer, ein aufbrechendes Flammenmeer, eine Zunge durchstach die andere, Aug in Aug verhangen. Das Geheimnis unseres Bildes ist die Umarmung, die uns in eine Weltkugel auf der Weltkugel transformiert. Wie Isländisches Moos roch dein Schweiß. Die Frauenleiber des roten Bildes begannen zu wogen und waren WIR. Von tausend Spiegeln gespiegelt, kochten wir auf den Flammenwogen ineinander hinüber bei einem klaren Bewusstsein, dass diese Klarheit aus dem einen in das andere wie ein Lichtschein fiel. Alles sah unerwartet neu aus. Am frühen Morgen liefen wir den Strand entlang. Nahe am Ufer sprangen Delphine über die Wellen. Wir standen lange, lange, ohne dass die Zeit eine Ausdehnung besaß, aneinandergepresst im Getöse des Wassers. Wir waren sonnenübergossen und vom Glanz des Meeres angeschossen. Noch nie hatten die Küsse so schwindelerregend heftig gerochen! Unsere Körper zuckten unter Strom. Wir gingen in den Festsaal zurück, liebten uns erneut.

«Niemand und kein Schloss steht zwischen uns.»

Das energetische Feld zwischen unsern aufeinandergelegten Häuten ist der Geist des Heiligseins. Pasolini, am Strand erschlagen, richtet seinen letzten, brechenden Blick auf uns. Wir streichen die Falten aus der Stirn von Artaud und küssen das blutige Ohr von van Gogh, das soeben von einem Diener am Portal des Schlosses auf einem Fleischbrett abgegeben wurde. Von sehr weit mussten wir zurückkommen mit den Augen, um endlich Ghislaine wahrzunehmen, die plötzlich dastand: Die Arme ineinandergeschlungen, standen wir vor ihr; unser Anblick schien sie völlig aus dem Gleichgewicht zu bringen. Sie errötete, als sie uns liebeszerzaust vor sich stehen sah.

«Darf ich jetzt den Festsaal sehen?» Sie fragte ohne Ironie in der Stimme, mit ihrem natürlichsten Ton. Das zerwühlte Bett stand noch an der Spiegelsäule beim schwarzen Mann aus Teer. Morgensonne fiel durch die rot beglaste Kuppel und warf warme, rote Frauenprojektionen auf den rosa Marmor des Fußbodens, auf dem Stapel von afrikanischen Tierfellen herumlagen. Wir setzten uns auf die Kante des Bettes und betrachteten Ghislaine, die im Saal herumlief und nach einem Halt im Bild suchte. Aber das Bild blieb in Bewegung. Es war, als träten Blutgerinnsel aus dem Gemäuer und formten sich zu einem einzigen, ständig wachsenden Leib von allen, es war der Tanz der ganzen Menschheit. Blutiger Schaum der Wände. Ein Gefühl der Geilheit von noch nie dagewesener Kraft durchschoss unsere Auftraggeberin. Ghislaine kniete augenblicklich vor uns nieder, sie sagte unter heftigem Schluchzen:

«Ich bin nur ein verfluchter, moderner Mensch, der die Erde ausraubt. Ich werde nie in Ihr Bild hineinkommen können. Es verletzt mein Ordnungsgefühl. Der einzige Weg, mich ihm zu nähern ist: Ich muss es besitzen. Mein wahrer Wunsch ist, dass Sie mich in Ihre Umarmung aufnehmen.» Sie sprach mit glühenden Augen. Der Maler zupfte die ganze Zeit an meinen Haaren.

«Sie sollten sich jetzt dem Bild ausliefern, das gefüllt ist von violettroten, rosaroten, magentaroten, geranienroten, kadmiumroten, orangeroten, garanceroten, brillantroten, weißlichroten, mattroten, orientroten, englischroten, blutroten, karminroten, zinnoberroten Geschöpfen, die tanzen und miteinander verschweißt sind, sodass Sie nicht abseitsstehen können.»

Ghislaine: «Ich fürchte, dieses Bild ist blutrünstiger als die amerikanische Armee.»

Maler: «Der Mensch ist eine Fontäne von Blut.»

Ghislaine: «Ich sehe zerfetzte, durchbohrte, durch die Luft flatternde Häute. Ich sehe brechende Blicke, aus Augenhöhlen purzelnde Augen, stürzende Hände, um sich selber rotierende Geschlechtsteile, zerquetschte Gehirnrinden, flackernde Zungen, explodierende Liebespaare.»

Maler: «Ich hielt die Augen geschlossen und ließ die Hände malen. Ich war ohne Absichten. Ich bin ein verfluchtes Kreuz, mit klingenden Hammerschlägen durch mein Fleisch ins Bild getrieben. Ich maße mir an, die absolute Liebe zu suchen.»

Ghislaine: «Liebe, Liebe – und ich sage: *success, success*. Das sind nur Wörter. Schamlose Gefühlsduselei.»

Maler: «Es ist ein radikaler Aufruhr der Atome, der sich überträgt. Der Traum der absoluten Vereinigung …»

Ghislaine: «Ein namenloser Weg in die Isolation.»

Maler: «Die Namen, die wir einander geben, sind die Berührungen, die wir tauschen. Es kommt auf die Geschwindigkeit an, auf DIE LANGSAME GESCHWINDIGKEIT, auf die SCHNELLE GESCHWINDIGKEIT kommt es an.»

Ghislaine: «Hat jemand mehr für einen Künstler getan als ich? Waren Sie nicht eine marginale Person, die auf eine Aufgabe gewartet hat, um endlich erwachsen zu werden? Und jetzt? Sie wollen das einfachste, am leichtesten zu Lernende nicht verstehen: dass Sie ohne mich ein Nichts sind. Sie haben noch nicht einmal angefangen zu begreifen, welche Macht Sie durch mich erobern können! Welch ungeheure Macht!»

(Sie schrie das Letzte laut in den Saal.)

Maler: «Hätte ich einen Gedanken an Macht verschwendet, meine Bilder wären nur ein Scheißhaufen mehr in Ihrer von Wachhunden verschissenen Einbahnstraße. Ich bin machtlos, schleife mich zur Brennlupe, brenne mein Bild in Ihr versautes Gedächtnis. Ich bin ein gottverdammtes Nichts, das von Ihnen nichts wollte als große, leere Wände.»

Ghislaine, mit gebieterischer Gebärde auf den Maler und das Bild weisend: «Jedenfalls gehört mir das alles – alles, alles!»

(Der Maler lässt sich zu Boden fallen, ruft mit verzweifelter Stimme, indem er auf den Boden kniet und seinen Kopf mehrmals auf den Boden schlägt:) «Das Geheimnis des Bildes ist nicht käuflich.»

Wir ließen sie im großen Festsaal stehen, der in seinem Bild so viel Energie enthielt, dass sie, von einem Schwindel gepackt, auf unser Bett sitzen musste, als stünde ihr diese Intimität zu. Gary trug sie auf seinen starken Armen in ihre eigene, noch leere Suite, die in einem andern Flügel des Schlosses lag, und deren Ausmalung das Kernstück des Schlossbildes werden sollte. Nachdenklich starrte Gary durch seine dicken Brillengläser auf die eine Ohnmacht mimende Ghislaine, wie sie dalag, ein verwöhntes Kind, dessen Wille für einmal noch in Erfüllung gegangen ist.

Liebeslied auf dem Baum

An einem andern Morgen erwachte ich, als mich der Maler auf seine Arme hob und über die Schwelle nach außen trug. «Lauf mit mir in den Wald, ich habe eine Überraschung für dich.» Was hätte mich mehr freuen können als das, was ich sah? Der Maler hatte auf einem gewaltigen Baum eine Hütte für uns errichten lassen. Ich war gerührt. Leichten Herzens stieg ich die Leiter empor in die grüne, luftige Zuflucht, die uns Distanz zum Schloss geben würde und Erholung von dessen giftiger Atmosphäre. Rings um die Baumhütte lief eine Plattform aus Ästen und Bastmatten, Felle lagen darauf. Es war ein erotisierendes Liebesnest. Oft lagen wir den ganzen Tag dösend im Baum und ließen von Zeit zu Zeit die Zunge übereinander hingleiten wie unsere kleine, struppige, magere Katze, die immer um unsere Beine strich, über sich selber. Ihr grau getigertes Fell sträubte sich bei der geringsten Berührung. Manchmal lag sie den ganzen Nachmittag an unserer Seite. Wir nannten sie Picasso. «Schöne Vorstellung, dass Picasso einen Teil seiner Seele in dieser Katze zwischen deinen Schenkeln herumstreunen lässt.» Von der Baumhütte aus sah das Schloss viel weniger bedrohlich aus, eher wie nicht ganz wirklich, weil völlig unpassend in der üppigen Landschaft.

In zehn Nächten hintereinander erschien ich dir auf dem Baum als Katze, die einen Fisch zärtlich beißend in der Schnauze trug. Ich war duftend und die Brüste reckend dem Bad entstiegen und du hattest dich auf dem Bett niedergelassen vor den zwei Blumengebinden, das eine ein Kreuz aus Violen und weißen Hagrosen, das zweite Bukett mit schwarzen Tulpen, in denen gelbe Stempel leuchteten.

    Die erste Nacht, in der ich dir als Katze, die den Fisch mit der Zunge liebkoste, erschien, umschlich ich dich langsam und ausgiebig, die Wellen der Empfindung hin und her schiebend zwischen dir und der Katze, deren hoch erhobener Schwanz nach vorne über den Rücken hinweg auf den Fisch schlug in meiner Schnauze – ich werde dir die neun Leben erzählen, die ich dir vor die Füße lege mit dem innigsten Kuss deiner Füße. Und stand dann während der ganzen Nacht auf meinen Vorderpfoten und saß, mit überlaufenden Augen in deine Augen überfließend, bis der Morgen mich vertrieb, indem die Vögel schrill schrien. Die zwei Blumengebinde der zweiten Nacht, in der ich dir wieder als Katze erschien, waren:

1. geköpfte Rosen und Saublumen
2. ein Kreuz aus Blautanne + Herbstzeitlose

Du saßest diesmal in einem Sessel, das Gesicht dem Meer zugewandt, während ich auf deinem Hals lag und mein schwarzer, seidiger Schwanz geistesabwesend deine Brustwarzen anschlug. Ich will dir heute Nacht mein erstes Leben erzählen:

DAS BIST DU
Du gingst flussaufwärts über ein paar Schleusentore
und Leitern
und hingest dich an eine
Schiffsschraube
und drehtest im Fluss
und zogst meine
Arme an deine
Hüfte
und die beiden Blumensträuße
sogen das Wasser in einem Schluck auf
Dritte Nacht:
Die Katze erschien im Fenster.
Du räkeltest dich und dein
Schweiß war schimmernd nass
über den ganzen Leib
verteilt irritierende, glitzernde Diademe
Die Katze schrie aus Leibeskräften
und unermüdlich
die ganze Nacht vor dem Fenster
eine todessüchtige Melodie
ein paar Schritte Symphonien
von Stakkatoblitzen
versengt
ein Zischen und
Fauchen – aber nicht
in Worten greifbar –
eine Kakophonie die
dich nicht verhöhnte.
Dieses Leben
zeichnet sich als Silhouette
vor dem Fenster in Form einer
schreienden Katze ab.

Am Morgen brachte ich dir Tee und Honigschnitten ans Bett. Und streichelte dich – und sagte: Wie schön, dass wir auch das zweite Leben nicht verlassen können. Und die dritte Nacht verschwamm in die vierte, fünfte, sechste, siebte, achte, neunte, zehnte Nacht, als die Katze ein ganzes Tuch voller Diademe und Halsketten aus einem Tuch zerrte und zu erzählen anhob:

«Nachdem ich eine lange Zeit gespürt hatte, dass die Armbanduhr mir das Blut abschnitt, warf ich sie weg, als ich mit dir in den Armen um die Ecke bog. Ich warf sie einem Häuptling mit tief sitzenden Augen zu, der einen 2 Meter 50 langen geschnitzten Stock trug, der an beiden Enden mit Rasierklingen bestückt war. Er gab dem Teller Suppe, der vor seinen Füßen stand, einen Tritt und schrie markdurchdringend schrill, indem er die Hände zu einer Trompete formte. Der Häuptling verdammte laut klagend die Regierung von Haiti und verwünschte sie, indem er den Stab auf die Windschutzscheibe eines vorbeifahrenden Taxis schlug. Wir fahren in einem Taxi uptown, sagtest du, mein Kiefer machte unwillkürlich Kaubewegungen, als ich das zusammenfließende Blut unter deiner Haut wahrnahm. Der Droschkenfahrer versperrte den Eingang des Parkes, als wir angerannt kamen. Von den Towers rings um den Park segelten Spiegel auf die Bäume nieder. Du lachtest. Deine Zähne blitzten auf, und die Rasierklingen an den beiden Enden des Stabes blitzten auf, und die niedersegelnden Spiegel blitzten auf *at the corner of the burning souls*. Ich rieche an dir auf einem Felsen des Central Park, über den Mäuse laufen und auf dem mein nackter Oberkörper für dich frierend die Haut auf den harten Stein entblättert.

TUMBLER OF SOULS
sagst du, mein Droschkenkutscher, zwei Mörder spazieren fahrend an der *park patrol* vorbei, flankiert von den Rasierklingenstäben des rennenden Häuptlings, der über den umgekippten Polizisten strauchelt und in die Räder der Droschke gerät, die von einem trippelnden Schimmel gezogen wird. Ich presste dich so fest an mich, dass es ein Lift ist, unsere Rückgrate auf

und ab – ins oberste Stockwerk über den Wolken des Blindseins, einander abbeißend von unten bis oben in kleinen, ausdauernden, behenden Bissen, bis jede Schicht freigebissen und sichtbar ist.

Aber auch die Arbeit ging vorwärts. Jeden Abend gingen wir zusammen ins Schloss, ich saß beim Maler mit meiner Arbeit auf den Knien, und es war, als spräche ich durch die unter meinen Händen entstehende Ikone zu ihm. Er rannte aufgelöst durch die Gästesuiten, als gälte es, die unzähligen Kreise der Vorhölle zu tapezieren. Er fiel auf ausgefallene Mittel, die Resultate zeitigten, die der Erwartungshaltung unserer Auftraggeberin ins Gesicht schlugen. Da brannte er z.B. hinter das schwere Bett einer Königssuite mit dem Flammenwerfer ein Andreaskreuz ein. Daran hängte er in Form einer Henkersschlinge eine Diamantschnur. Die Spiegel hatten die Form von Flugzeugträgern. Mit unserer Pistole aus dem Geschenkkorb schoss er Hunderte von Löchern hinein. Eine andere Suite wurde inwendig mit unzähligen Purpurschnecken beklebt, die Schwänze formten. Aus schwarzen Muscheln zusammengefügt, krochen kleine Panzer über die Purpurschneckenschwänze von 5,5 m Höhe. Mit roter Farbe malte er in die Badewannen der Gästezimmer seine Gedichte.

(«Unglaublich pervers, wenn man bedenkt, wer da alles mit dem nackten Arsch draufsitzt», sagte Gary.)

Remember

Dong Dong Dong
We're P. P. A.s.
Ben Wa Balls
Dongs
and the globe
is stuffed
with us
o weeh
de Luxe Dongs
variable speed Ben Wa Balls
we are erectors
masturbators
Mr. Fred's
electric products
o sun vibrating comer
o earth sweet cockrings
twisting
o earth
full of us
full of us
full of us *1984*

O DU** mein **HOTEL

O DU
mein Hotel aller Hotels
je an deinem
schwingenden Arm
durch die schlagenden
Schwingtüren
betreten
all dort
einander inne
gewohnt als
Randalierer
Berserker
jubelnd

Memento

*langsamer Spaziergang
zwischen den beiden Mauern
entlang der Straße
schnurgerade durch
den Friedhof Montparnasse
beidseitig Bäume
deren Wurzeln das
Wasser der Toten unter
den Mauern durch
aufsaugen steinigen
Gesichtern entlang
gegangen mit der
rechten Hand in
deinem Nacken Kätzer
gespielt*

DIE GROSSEN BUCHSTABEN DER LIEBE

SCHRIEB ICH EINES
NACHTS FÜR DICH
AUF
DIE ZUCKERSÜSSEN
DORNEN
DEINES NAMENS
SEGLERSCHIFF
SCHRIEB ICH
MIT DEN
ZÄHNEN
LANGSAM UND
ZITTERND LEICHT
IN DEINEN HALS

Meistens folgte einer exzessiven Arbeitsnacht im Schloss ein entspannter Tag auf dem Baum, wo wir einander auf den scharf riechenden Tierfellen die Wunden leckten und in meine Ikone schauten. In diesem Bild des Gleichgewichts, auf das ich Zeitsegment um Zeitsegment auftrage, atmeten wir, als wäre es die Flagge unserer zukünftigen Freiheit, die so berauschend total sein würde wie keine unserer vergangenen Freiheiten. Die Baumhütte dagegen war nichts als ein freiwillig reduziertes Territorium, wo wir leichter überwachbar waren.

Die Hälfte der Suiten war zwar mit der Farbenflut neuer Werke ausgerüstet, das hatte Monate aufgefressen. Das unaufhörliche tägliche Arbeiten auf Höchstleistung in unserer mehr als schiefen Situation hatte den Maler jedoch verändert. Blass und abgemagert schien er die Bilder wie ein Gift in seinem Körper zu kondensieren und zu brauen. Sein Schlaf wurde immer unruhiger, und er hustete heftig von zuunterst in der Lunge. 21 Suiten ergaben bereits ein ungeheuerliches Labyrinth der Obsessionen des Malers, deren Generalobsession die Skulptur der absoluten Liebe war, das durcheinander durchtanzende Liebespaar, das als einziges Bild dem Bild der Macht trotzen kann. Davon sprach der Maler ständig. Viel Arbeit wartete noch, denn alle Suiten zusammen nahmen nur einen geringen Teil der Gesamtfläche des Schlosses in Anspruch. Wohin, fragten wir uns manchmal, wird die Zukunft zielen? Wird der Maler je sein Werk vollenden können?
«Ich muss mich tiefer und länger fallen lassen lernen. Bis der Atem stockt. Bis das Namenlose eindringt in mich. Ich muss mir mehr Schmerz zufügen, damit die Augen aufgehen. Ha! Ich muss versuchen, mit aufgerissenen Augen in die Sonne zu blicken.»
Ich streichelte lange seine Nerven, bis die Sorgen aus seinem Körper wichen. Aber ich spürte, dass er aufs Äußerste seine Anstrengungen forcierte, um den Tag, an dem wir dieses Schloss verlassen würden, in weniger große Ferne zu rücken.
In der Hütte spreizte sich das grüne Dach des Baumes noch immer voller Verheißungen über uns. Der Wind spielte in den

Blättern. Einmal, als ich, in zärtliche Gedanken versunken, auf unsern Felldecken saß, von Sonnenflecken übersät, trat der Maler vor mich hin mit einer Trommel, die er ekstatisch schlug, und sang mir ein Liebeslied, das ich hier so wiedergebe, wie es mir geblieben ist. Beim Vortrag schwankte der Maler wie in Trance mit seinem Oberkörper hin und her. Er trug einen schwarzen Fetzen Stoff um die Hüfte, in den er Zweige gesteckt hatte:

AN DICH GELIEBTE

begann er räuspernd und verlegen lächelnd. Dann sang er:

Von meinen Lippen und Zähnen gehegt
ist deine Haut
die dich straff umhüllt
in der du verloren wanderst
mein zerbissenes Kleid aus geschleckter Haut
Mein Türkendolch steckt in dir
wie ein Fisch steht er im
heißen Bergbach gegen die Strömung –

(er sprang hüpfend von einem Fuß auf den andern und machte obszöne Gesten)

Verrückte Königin der verloren aufs
flache Land geschütteten Flusswindungen
der hellen Nacht – bizarre
Königin – das Wasser fällt rot
aus deinem Leib
Es glitzert rosea caput mortuum …

(der Maler machte eine lange Pause, denn er musste das Lied tief aus seinem Gedächtnis hervorkramen)

> *Mein Türkendolch ritzt blitzend*
> *dein Rückenmark und ist*
> *mein Blumenstiel – mein Blumenstiel*
> *und in mitleidloser Unordnung schleppen*
> *schwere, explodierende Wolken darüber*
> *hin*
> *dein Gesicht blendet auf*
> *hinter den*
> *grauen Schwaden der ejakulierenden*
> *Atmosphäre ...*

(hier verlor er für einen Moment den Faden, was er mit einer kleinen Stepp-Einlage überbrückte)

> *... in den grauen Schwaden der ejakulierenden*
> *Atmosphäre durch die wir getrieben werden*
> *um die Weltkugel geriebener doppelter Mühlstein*
> *im Dampf der Haut*
> *im letzten Krampf der vier Pupillen*
> *an der Ecke zweier verwehter Straßen*
> *an der Ecke deiner kühn wippenden*
> *Brüste malvenfarbener Gärten*
> *des Schlosses voller Wahnsinn der absoluten Liebe*
> *Tümpel meiner schlagenden Zunge*
> *meiner Zähne zitternder Biss hinter den*
> *namenlosen Beinen die das Verkehrsmittel*
> *besteigen und in unsere sich*
> *zusammenziehenden Augen treten –*

(er deklamierte laut, mit den Armen fuchtelnd und nach Atem ringend, dabei hüpfte er so auf und ab, dass sein Schwanz in regelmäßigem Rhythmus auf seinen Bauch klatschte)

Das Lied ging weiter:

Laut singe ich die geißelnde Rute unserer
Wünsche in deine Fesseln hinein
ich sage die böse schwarze Litanei unseres Fleisches
das verflucht ist absterben zu müssen
in sich rasend drehenden Jahresringen
eines stürzenden doppelten Baumes –
ich ging wohl stundenlang auf und
ab mein Gesicht in deinem Slip vergraben
ich befinde mich in deinen Armen im Zoo
und hänge über das Gitter der schwarzen Panther
die sich gegenseitig im Auge haben
bei gelegentlichen Bissen
und indem sie von Zeit zu Zeit
aufbegehrend gegen das Gitter schnauben –

(der Maler schaute ironisch ins Meer der Blätter hinauf und suchte nach weiteren Worten; in einem verführerischen Cancan ließ er vor mir seine Hüfte schwingen.) Er sang:

Dasselbe husche Licht an den entferntesten Schwüngen
deiner Hüfte Parabolika jäh in meine Augen
stechend wenn ich auf der Zunge stehend
aus deiner tiefen Vase emporreite –
dasselbe husche Licht blutig eingetintet
und verkrustet und mit Burgunderfunkeln
auf der Rosette deiner steilen Kathedraltür
hinter der ich die Schändung
und Verhöhnung des Todes tanze
auf unseren Beinen
Königin Parabolika in
der Steppe der hellen Nacht
durch die unser Körper rollt
Marmelspiel deiner zugespitzten
Finger die meinen Schwanz
durch den Raum balancieren

gläserner Blumenstiel
… atmend, aber atmend, atmend …

versteppte Nacht pulsierender Helligkeit
in meiner Königin
Baumstamm an Baumstamm stehst du
in deinem Fleisch
zum Tanz bereit
Baumstamm an Baumstamm
lungerst du in meinem Wald
herum
– mein glitzernder See
mein fleckendes Auge –
… aber atmend, singend, jauchzend …
– Auge finsterblauer grasgrüner schwankender Wald
Wiese entlegenster Erinnerung
in dich pflanze ich –
in dich pflanze ich:
DEN KUSS
Von Umarmung zu Umarmung springt die
FEUERSBRUNST
durch die Glockenstühle unseres Knochenskeletts
das (ins Fleisch gepfählt)
vor sich hinfaulen wird doch
von Hotelzimmer zu Hotelzimmer
vervielfacht sich unser einziger
Körper verästelt sich in die Lianen
abgestorbener heller Liebesschreie
die in den Ohren stehen bleiben
ich lasse die Zunge
so lange in deinen Hals hinunterhängen
bis das Fenster sich zum Bullauge
eines Oceanliners verformt
dieses Hotelzimmer trieb sanft auf
den Speichelbläschen deiner Lippen –
in diesem Hotelzimmer im runden Spiegel

war ich ein zerfetztes Segel auf deinem
schlingernden Boot

The last time I saw Paris
my heart was bombed

aber niemand dämmte uns ein und
wir flossen in ein nächstes Hotelzimmer
am Meer auf den rutschenden Dünen auf denen
die Hasen ficken im eintrudelnden
verhangenen Morgen der auf die Nacht pisst
um sie zu löschen und ein paar
Riffs noch schnell in deine Rippen
geschlagen
damit sie tönen
ins nächste Hotelzimmer
hinüberklingen
nässer werdend glitschen
wir durcheinander voller zersplitternder
gestorbener Palmen und gleiten übereinander
hin das glätteste zerbissene Hautkleid von
der rauen Zunge zerfressen blutend über
die Seite deines Bildes
grünschwarze Königin
meiner Laster und meiner
Ausschweifung
im Whirlpool im Hotel beim Friedhof
am Pazifik
im Meer der Kreuze die wir
einander ins Fleisch stecken im Absaugrohr
der Realität
wenn wir eines im andern die Plätze
wechseln
am Abhang
unter den Agaven die aus dem Geröll
stoßen

*die Schönheit ist jetzt tief in dich
hinein sichtbar blutrosahell
Die Knöchel deiner Finger schlagen
an mein Ohr
somnambule Reiterin
auf dem Reiter*

and don't look down

Der Maler schloss abrupt und erschöpft und verbeugte sich in einer traurig lächelnden Clownspose vor mir und sagte: «Weitere Liederabende, Sweetheart, werden folgen.»

Winkend über dem Abgrund

Ghislaine stand unten am Baum und rief unsere Namen. Ihre Stimme schallte in jenem amerikanischen Ton, der in Hollywood-Filmen Kindern gegenüber angewandt wird.

«Hallo, hallo, Ihr Freund aus Paris ist da!»

Wir schauten einander überrascht an und dachten gleichzeitig beide dasselbe: Wie wusste sie von diesem Freund? Nie hatten wir ihn ihr gegenüber erwähnt noch etwas über ihn in Gegenwart irgendeines Schlossbewohners verlauten lassen. Aber ein paar Mal hatten wir aus dem Schloss an ihn telefoniert. Rasch glitten wir wie Schlangen den Baumstamm hinunter und kamen atemlos vor Ghislaine zum Stehen.

«Ich habe in Paris diesen jungen Mann getroffen, mit dem Sie anscheinend oft telefonieren. Damit Sie nicht vereinsamen, habe ich ihn herfliegen lassen. Es sollte eine Überraschung sein. Heute sind Sie ein Jahr auf der Insel.»

Wir schauten uns verdutzt an: «Was, schon ein Jahr? Und: Sie greift in unser Privatleben ein!»

Bei der Begrüßung unseres Freundes stellte sich heraus, dass er durch Ghislaine persönlich hergebracht worden war.

«Sozusagen als eine Art Rotkreuzdelegation, die das Gefängnis kontrollieren kommt», dachte ich unwillkürlich und musterte sein vertrautes Gesicht. Es gefiel ihm sichtlich, dass Ghislaine ihn wie einen hohen Gast behandelte, der hier war, um uns glücklich zu machen. Der dicke Gary trat dazu und bat uns in den Kakteengarten zu einem *welcome drink*. Ghislaine scharwenzelte lasziv um unsern Freund herum und rühmte ihm die bisherige Arbeit des Malers in Tönen, die übertrieben waren.

«Er soll sich selber ein Urteil bilden dürfen», sagte der Maler.

Ghislaine schaute ihn an, als verstehe sie nicht.

«Was ich kaufe, ist sowieso gut», sagte sie.

Mit großem Oho ging es auf einen Rundgang durch den Festsaal. Unser Freund, den wir lange nicht mehr gesehen hatten, bestätigte Ghislaine in einem fort und meinte es gleichzeitig gut mit dem Maler. Mit jedem Kompliment wurde dieser aber unwilliger und bockiger, er hätte lieber ein Gespräch gehabt als faustdickes Lob. Unser Freund schien ihm sehr eingenommen zu sein von Ghislaine, die ihn strahlend, voller Besitzerstolz, herumführte. Verständlicherweise genoss dieser es, von der «großen» Dame hofiert zu werden. Erst vor Kurzem noch war er in Paris auf offener Straße zusammengeschlagen worden, und als man ihn ins Spital einlieferte, wurden seine Verletzungen nicht behandelt, weil er weder versichert war noch Geld auf sich trug. Er bezeichnete den Festsaal als «Kathedrale des Verrücktseins in der Leidenschaft des Fleisches».

«Schon gut», sagte der Maler, «ich schaue in die Sonne, bis ich blind bin, dann tanze ich ins Bild. Ich wünsche, dass du dich ein paar Tage in diesem Saal aufhältst und dann mit mir darüber sprichst. Du wirst mindestens so lange benötigen, um das Bild zu sehen; überhaupt frage ich mich, ob je jemand wirklich sehen kann, was es zu sehen gibt, was man sehen muss.»

Ghislaine hakte sofort ein:

«Ich habe ein japanisches Fotografenteam, das auch Michelangelos Fresken in der Peterskirche abgelichtet hat, beauftragt, den Festsaal zu fotografieren. Sie wollen den Raum aufschlüsseln in 12 000 Fotos. Damit scheuen wir zumindest keine Mühe, das optische Rätsel des Bildes zu entschlüsseln.»

«Sehr wahrscheinlich werden Sie es auch chemisch analysieren lassen, nicht wahr?»

«Es wurde Buch geführt über jedes Gramm Farbe, das Sie verwendet haben», sagte Ghislaine lächelnd.

Unser Freund sagte versöhnlich: «Vielleicht verbringt Ghislaine ein paar Nächte mit mir in diesem Saal, damit wir dann ein wenig mehr über die magische Seite des Bildes zu sagen haben.» Er zwinkerte Ghislaine zu, als würde er sie seit jeher kennen.

Darauf der Maler: «Es ist grauenhaft. Wenn ich mich wenigstens als tote Farbe auf der Wand sehen würde. Nein! Ich sehe mich glühen und zucken im Bild.»

Unser griechischer Freund antwortete: «Wir sind verdammte Ulyssestypen. Nomaden, von Sehnsucht zerfressen. Und wir rennen der Kindheit hintennach.»

«Das ist das Bild. Schwindel packt mich, wenn ich falle. Hier bin ich im Jenseits, und trotzdem lebe ich. Ich darf noch ein paar Schritte tanzen im Bild auf der schiefen Ebene. Dann komme ich aus dem Unbestimmten zurück und nähere mich mit meinen Lippen deinen Lippen», lachte der Maler mich an.

Gary und seine zwei Serviererinnen standen um uns herum. Sie waren uns mit dem Champagner gefolgt, und der Maler goss Glas um Glas in sich hinein, wie um Mut zu finden, so durcheinander war er durch den unerwarteten Besucher. Wir waren jetzt vier Monate hintereinander auf einem Ausnüchterungstrip gewesen. Beim ersten Schluck wurden wir beide schwindlig.

«Bitte komm in unsere Baumhütte; wir haben einander viel zu erzählen.»

Mit diesen Worten entfernten wir uns von der Party, die kaum begonnen hatte. Machte uns die große, vor uns liegende Aufgabe menschenscheu? Kontaktunfähig? Aber was bedeuten all diese Worte angesichts des einzigen wahren Kontaktes, durch den wir zusammenhingen? Ganz wie von selbst gingen wir an den Strand hinunter. Ein leichter Dunst lag über dem langsam ausrollenden Meer. Wortlos standen und schauten wir und stiegen dann zu unserer Baumhütte hinauf, wo wir uns hinlegten. Als wir erwachten, saß unser Freund vor unserm Bett und lachte.

«Habt ihr Angst vor dem Schloss, oder ist das ein Zurück in die Natur?», fragte er.

«Das Schloss vergiftet uns», antwortete eines von uns beiden.

«Das Schloss ist überall.»

Wir blieben stumm. Was sollten wir auch sagen? Es gab keine direkten Vorwürfe, die man Ghislaine machen konnte, wir mochten sie.

«Erzähle uns von Paris», antworteten wir aus einem Hals.

«Paris», sagte er, «ist die Hoffnung der Heimatlosen. Als mich Ghislaine anrief, dass es auf die Insel gehe, lief ich aufgeregt durch die Straßen, über Montparnasse nach Saint-Germain. Mehrere ausgesetzte, herrenlose Hunde folgten mir neugierig. In der kühlen Morgenluft dampften die Münder der Frauen, die zur Arbeit eilten oder sich hinter den Verkaufsständen zu schaffen machten. Ich lief und schaute jeden Passanten gut an. Ich sah auf einmal die Verwachsenheit von jedermann. Ich sehnte mich nach der Insel, von der ihr am Telefon erzählt habt und auf die mich Ghislaine gut vorbereitet hat. Ich glaube, heute Nacht werde ich zum ersten Mal eure Kidnapperin ficken.»

«Brr», schüttelte sich der Maler, lachte und spuckte über die Brüstung hinunter.

«Sie hat mir mehrere Bücher über dich in Auftrag gegeben. Niemand zahlt besser als sie. Ihr wisst, in Paris ist man als Fremder ohne Geld nur Scheiße. Endlich kann ich reisen. Ich fühle, wie langsam mein Grundgefühl von Miserabilität von mir weicht. Für euch ist es auch eine Erlösung, dass ihr unerreichbar geworden seid. Ihr seid gerettet.»

Der Maler setzte unsere Katze Picasso auf einen Stuhl und fuhr heftig dazwischen: «Niemand kann uns retten. Niemand soll uns retten. Weg mit den schmutzigen Retterhänden. Ghislaine ist mein Abgrund.»

«Sie ist nur eine vornehme Dame, die ihr Geld gerne in Kunst gleich Prestige umsetzt. Du brauchst doch keine Angst zu haben.»

«Ich spreche nicht von Angst, und würde ich von der Freiheit und Reinheit meines Tuns sprechen, müsstest du bloß lachen.»

Der Freund zupfte an seinem funkelneuen, weißlich blauen Anzug herum, in dem er wie ein Impresario aussah. Das Gespräch lief nicht wie früher.

«Dir sollte es gar nichts ausmachen, was Ghislaine mit dir tut. Dein Donquichottismus wird dir schon zu einer Idee über deine unzerstörbare Freiheit verhelfen», sagte er.

«Wenn ich nur wüsste, wie tief du schon bei Ghislaine drin steckst», sagte ich zu ihm, aber er begann wieder, von Paris zu erzählen, wie dreckig und überfüllt die Stadt unterdessen sei, wie der Rassismus an allen Ecken immer gewalttätiger um sich greife, wie die Stadt immer mehr von Polizisten und CRS überschwemmt werde. Er sprach von den schwarzen Mädchen in der Rue Saint-Denis, denen seine Liebe gehöre, dass er Herpes und Tripper gleichzeitig aufgelesen habe und dass er diese Krankheiten heute Nacht Ghislaine zum Geschenk mache. Er lachte in einem fort und wirkte jetzt ganz abwesend. Saß er auch in ihrer Falle?

Bald rief die Arbeit wieder. Die Spannung über ihr Fortschreiten nahm von Neuem Besitz von uns. Außerdem hatte jetzt die Monsunzeit begonnen, die hier etwa 2 Monate dauert. Wir mussten Abschied nehmen von unserem Baum und ins trockene, warme Schloss fliehen. Noch machten wir vereinzelte Spaziergänge zusammen mit unserem Freund bei intensiven Gesprächen. Oft wurden wir von plötzlich aufziehenden Wolkenbrüchen überrascht, von einer Minute auf die andere wurde es Nacht, und immer eilten uns sofort Gary oder die vier sich in letzter Zeit immer diskreter benehmenden Leibwächter zu Hilfe mit ihrem gepanzerten, schwarz bemalten Küstenfahrzeug. Die Gewalt der Naturkräfte war auf dieser Insel so stark, dass wir ganz in ihren Bann gerieten. Die Palmen bogen sich auf den fliegenden Sand, die Kokosnüsse polterten über den Strand. Das Wasser schäumte giftig gelb. Aber im Schloss brannten für uns viele Feuer, große, weiche Bademäntel umhüllten uns, wir tranken Guavensaft mit Tequila. Ghislaine wollte etwas besseres Wetter abwarten, um unsern Freund, mit dem sie intimen Umgang pflegte, nach der Côte d'Azur zu entführen. Uns lockte die Vorstellung, dass wir, ganz uns überlassen, die stürmische Zeit mit ihren Naturschauspielen im Schloss durchleben würden, ganz dem Schreien des Monsuns verfallen, in unserem Fleisch und in den Träumen schwelgend.

Wir lagen in unseren schwarzen Seidentüchern auf dem Bett im Zeichnungssaal. Zufrieden in unser Körpergespinst, in die süßen Berührungen verwoben, saßen wir einander gegenüber und erforschten uns gegenseitig die Augen. Der Sturm wütete vor unserem großen Panoramafenster zum Garten; aber das Schloss war solide gebaut, sodass es nicht wankte. Wände aus Regen und Hagel schlugen gegen die Scheibe. Die Natur vor dem Fenster wurde zerrissen. Wir küssten uns sanft und nachkostend. Der Maler sagte auf einmal: «Ich habe den Marathon unter die Füße genommen. Ich bin aus den Hautfalten meiner Mutter gekrochen ans weiße Tageslicht, das aus den Wänden des Schlosses strömt. Weit über jedes angestammte Verlangen hinaus bin ich dazu verurteilt, dieses Werk zu tun. Also lass mich demütig und zufrieden zurück an die Arbeit gehen.»

Ich sah ihm an, dass er Angst hatte vor den ungezählten weißen Wänden, die auf ihn warteten. Er sah mir an, dass ich es in seinem Gesicht lesen konnte. Er zuckte mit den Augenbrauen und zog seine Stirn in Falten; was konnte er anderes tun, als wieder anfangen und noch einmal anfangen? Seinen Freund, der ein Interview für irgendeine angeblich wichtige Review haben wollte, versuchte er krampfhaft abzuwimmeln:

«Ich habe nichts zu sagen, hör auf damit. Ich bin Maler. Fuck your review. Weshalb kann niemand ohne Gebrauchsanweisung sehen? Es ist eine verdammte Schande.»

Dann einigten sie sich, indem sie aber endlos darüber stritten, dass 6 Fragen erlaubt seien, die der Maler beantworten müsse. Das Interview begann mit dieser Frage, die der Maler mit einem Bekenntnis glaubte, beantworten zu müssen:

«On est à la fin du deuxième millénaire. Quelles sont les perspectives dans l'avenir pour l'image d'artiste?»

«Auf das Ende dieses Jahrtausends hin ist der Maler dazu verpflichtet, das Bild des Computers, der alles beherrscht, zu einem leeren *wrapping paper* zu degradieren. Er muss der Computerkultur noch einmal das modernste Höhlenbewohnerbild an die

Wand malen, das aus der tiefsten Erinnerung eines kollektiven Körperbewusstseins hervorgeholt wird, durch ständig forciertes Tanzen, bescheidenes Schärfen des Auges, bis das Auge wieder ‹in einer einzigen Dauer› alles zusammen sieht. Durch die steigende Spannung zwischen Süden und Norden bis 1999 ist der Maler jetzt gezwungen, auf alles leere Formalisieren zu verzichten. Er muss im Gegenteil außer sich gehen und die Seele reisen lassen, um zur ‹universalen Sprache› zu gelangen.»

Der Maler eröffnete mir eines Abends, als er aus den Suiten kam, dass ihn während des Malens seltsame Wahnvorstellungen überfielen. Das seien zwar fiebrige Glücksaufwallungen, leidenschaftliches Einswerden mit dem Bild. Manchmal verzögere sich für eine Schrecksekunde seine Rückkehr aus dem Bild in den eigenen Körper, das sei der Abgrund über dem Tod. Nächtelang plage ihn die Vorstellung, er sei ein Schlittenhund in Alaska. Er habe den Schnee unter seinen Augen davonfließen sehen und deutlich das Hundegeschirr an seinem Körper gespürt. Dieses Bild sei über ihn gekommen, während er damit beschäftigt gewesen sei, Architekturen aus Menschenkörpern auf die Suitenwände zu zaubern, was mit Alaska nichts zu tun habe. Er habe im Rennen immer zurück auf den Schlitten geschaut, um zu sehen, wer ihn lenke. Doch habe er nie ein deutliches Gesicht erkennen können im stiebenden Schnee.

«Brr, Brr», schüttelte er sich. «Wie komme ich dazu, ein Schlittenhund zu sein, während ich auf einer Südseeinsel Bilder male und auf dich heiß bin?»

Ein andermal, als er ganz kleinlaut von der Arbeit zurückkam, erzählte er mir auf meine wiederholten Fragen unwillig, dass ihm ständig Artaud erscheine.

«Ein Dutzend Mal in der letzten Nacht», sagte er zerknirscht.
«Als ich heute Nacht in Suite 33 kam und du oben auf dem Gerüst lagst, hörte ich dich sprechen.»
«Was habe ich gesagt?», fragte der Maler.
«Weißt du denn nicht, was du zu ihm sagst?»
«Er kommt mit seinem leidenden Gesicht über mich, wäh-

rend sich meine Finger in die Farbe verkrallen. Er zieht die Spannung zum Zerbrechen hoch, schaut mich an. Er ist in einen grauen Army-Overall einer undefinierbaren Armee gekleidet, sein Gesicht ist wie eine seiner Zeichnungen, aber in einer schnellen Bewegung der Mimik – das regt mich auf, dass sich sein Gesicht in einem unmöglichen Speed bewegt, als spräche er eine neue Sprache, die tausendmal schneller ist als unsere. Ich bin während des Malens in eine äußere Umlaufbahn gerutscht, plötzlich sagt Artaud zu mir (ich erkenne deutlich sein zermartertes Gesicht):

> *Vergiss nicht, du arbeitest nicht im Raum irgendeines Bereiches. Du arbeitest in der einzigen Dauer.*

Ich wollte sofort Ja sagen, als wäre das selbstverständlich, aber da war er wieder weg und ich ganz auf die Leinwand losgelassen. Ich steckte mir die Scherben der zersplitterten Wirklichkeit in die Augen, bis das Licht eindrang. Da sah ich die letzten Bilder des Jahrtausends, die das explodierende Gesicht der explodierenden Menschheit trugen, als meine Hände (noch bis in die äußersten Fingerspitzen Auge) die ‹Skulptur meiner Liebe› aus der Leere herauskratzten. Wieder erschien mir Artaud und befahl lächelnd:

> *GÜTE UND ERBARMEN*
> *und ein Tunnel ins*
> *schwarze Licht*
> *soll dein Bild sein*

Er zog ein Schweißtuch hervor und presste es auf sein Gesicht, das sich ins Tuch einbrannte. Ich konnte sehen, wie sich sein Gesicht langsam abfärbte. Er zeigte mir das Schweißtuch, hielt es mir nahe vor die Augen. ‹Das ist dein Bild›, sagte er noch, als ich aus der Vision fiel.»

Der Monsun hatte die Insel von der Außenwelt abgeschnitten. Das Personal des Schlosses hielt sich abseits von uns, wie geduckt unter dem anhaltenden Schlechtwetter. Wenn sie uns Essen brachten auf unsern Anruf hin, beantworteten die schwarzen Dienstmädchen, die sonst so freundlich waren, unsere Fragen nur einsilbig. Es war sogar so, dass sie wie unter der Spannung des Malers standen, der mit seinem Werk Gott herausfordere, wie sich unsere anfängliche Administratorin Sarah einmal vor Ghislaine ausdrückte, was trotz unseres Protestes zu ihrer sofortigen Entlassung führte.

«In diesem Punkt hat also nicht der Künstler das Sagen, nicht wahr, wenn es um Ihre Aufsichtsbehörde geht», hatte damals der Maler bitter, ohne auf eine Antwort zu warten, gesagt. Die beiden Mädchen, die uns mit Essen und Trinken versahen, hießen Fatimah und Maria. Scheu sahen sie auf die ausgemalten Wände, wenn sie den Kaffee und die Sandwiches brachten. Wenn wir sie einluden, mit uns Kaffee zu trinken, hatten sie viele Ausreden, obwohl man in ihren Augen lesen konnte, dass sie gerne geblieben wären. Der Maler wollte unbedingt herausfinden, was sie in den Bildern sahen. Er sprach mit ihnen darüber. Das machte sie noch scheuer. Einmal fragte er sie geradeheraus:

«Dürft ihr mit uns nichts als Begrüßungsformeln wechseln?»

Die beiden Mädchen in ihren weißen Schürzen blickten den Maler erschrocken an. Auch mit Gary, den wir nur wenig beanspruchten, war kein Gespräch möglich.

«Sie sollten mit mir nicht über Ghislaine sprechen», sagte er zu mir. «Ich habe diesen Job, werde dafür bezahlt, kann in der Nähe des Malers sein, wenn er das infernale Schloss ausmalt. Ich bin Kunststudent, die Insel ist eines der letzten Paradiese der Erde, ich habe alle Zeit der Welt.»

Die Leute vom Hafen waren zum Teil während des Monsuns evakuiert, eine Notbesatzung der *Barracuda* wohnte im Angestelltentrakt, in dem auch Ghislaines Maskensammlung untergebracht war, die wir von Zeit zu Zeit in Begleitung Garys besuchten – auch in der Hoffnung, den einen oder anderen Bewohner des Schlosses zu sehen. Aber die Korridore waren meistens menschenleer. Masken aus allen Erdteilen verbreiteten eine Stimmung von Gefahr. Es waren unbehagliche Besuche. Manchmal allerdings wurde uns jemand, der zufällig vorbeikam, vorgestellt. «Das ist unser Heizungsdirektor, Mr. Smith», sagte Gary dann zum Beispiel, das war alles. Unsere Besuche in der Maskengalerie wurden immer regelmäßiger.

«Aber was wir vermissen, sind Gesichter», sagte ich zum Maler. Doch er dachte nur daran, die Arbeit so stark zu beschleunigen, dass er das Schloss in einem ihn verschlingenden Ausbruch ausmalen könnte, der uns wie ein einziger, mächtiger Schwerthieb die Kette vom Leib hacken könnte.

Ich erinnere mich unseres allerersten Besuches in der Maskensammlung. Ghislaine hatte uns aufgefordert, mit ihr einen Rundgang zu machen. Sie war sehr stolz darauf und sagte zum Maler: «Es sind genau 9999 Masken aus allen Erdteilen. Vielleicht gefällt es Ihnen, alle diese Masken in Ihre Arbeit zu integrieren. Das würde mich freuen.» Sie schenkte uns eine uralte Maske aus dem schweizerischen Lötschental, auf die der Maler besonders abgefahren war. «Was für eine Maske», sagte er ungewöhnlich freundlich zu Ghislaine und hüpfte dankend umher. Von jetzt an hing die Walliser-Maske über unserem schwarzen Bett in der Südsee. «Wenn wir das hier hinter uns haben, gehen wir zuhinterst ins Lötschental wohnen.» Ich dachte schon, er würde wieder seinen Schweizer-Anfall haben, das quälende Heimweh, dem er mit keinem Besuch je Genüge tun konnte. Aber heute hielt sich die Begeisterung für sein Land in Grenzen: «Ich glaube, du hast recht, wenn wir heute in die Schweiz fliegen würden, sie wäre nicht zu finden», sagte er.

«Ich sehe uns zwei wie das Paar im Film *Badlands* – nur dass ich dich nie verlassen werde, sondern mit dir bis ans Ende gehe.»

«In unserem *Badlands*-Movie gehen wir eventuell auch drauf», antwortete der Maler. «Oder denkst du, ich sollte aus defensiven Gründen an die Erfindung eines Killerbildes gehen?»

«Ein Killerbild ins Schlafzimmer von Ghislaine.»
Wir lachten.

Der Arbeitsapparat des Malers hatte sich in den letzten Wochen vergrößert. Er hatte die noch über zwanzig Suiten miteinander in Angriff genommen. Er schleppte eine riesige, fahrbare Stereoanlage mit einer großen Collection von Laserdiscs mit sich, die Paletten- und Farbwagen und die Gerüste, er verlor sich in der Flucht der Suiten und arbeitete Tag und Nacht. «Ich bin nur ein kleiner Käfer, der versucht, die Wände eines Schlosses hochzukraxeln», sagte er und kratzte sich mit den farbbedeckten Fingern im Haar. Oft schlief ich jetzt in der ersten Etage seines fahr- und lenkbaren Gerüstwagens, während er immer weiter durchmalte, ohne zu stoppen. «Komm jetzt», sagte ich dann von Zeit zu Zeit, «wir gehen uns ein wenig verwöhnen, du musst noch lange durchhalten.» Dann gingen wir in die Schwimmhalle, ließen uns eine indische Massage geben und eine große Mahlzeit kommen mit Champagner, Wein und Schnäpsen. Dann konnte ich ihn für zwei, drei Tage im Bett halten. Wir schauten uns Videoclips an auf einem Riesenscreen oder Fotobücher aus der ganzen Welt, alle möglichen Magazine aus vielen Ländern usw. Nur manchmal machte sich dann der Maler nackt zu einem Rundgang durch die Suiten auf. Aber er kam immer schnell zurück. «Hier ist dein Schlittenhund, nordische Königin», meldete er sich zurück und sprang lachend aufs Bett und bellte. Wir tanzten zu afrikanischer Musik – dabei imaginierte der Maler die Bilder, die er malen würde. «Ich nehme sie mit den Fingern von deiner Haut und trage sie auf die Wände auf.»

Die stürmischen Monsunwochen vergingen rasch; ihr Ende kündigte sich mit laut krachenden Gewittern an. «Wenn in meiner Kindheit die Blitze vom Himmel zuckten, musste ich auf Geheiß der Großmutter bei jedem Blitz das Kreuz schlagen», sagte der Maler. «Es war für mich selbstverständlich, dass ich die Blitze abwenden konnte. Ich glaubte an die Macht meines Zeichens. Heute will ich nicht mehr gerettet werden», fügte er an und küsste mich im Dunkeln mit trockenen Lippen. Und ich erfühlte mit meinen Lippen, wie seine Zunge schwelte. Ein geheimes Fieber hielt ihn in Bann. «Trotzdem will ich nicht in diesem Schloss sterben», sagte er. «Das Leben hat erst begonnen, und unsere Reise ineinander hinein ist noch weit und tief.»

Wir nahmen die frühmorgendlichen Spaziergänge an den Strand wieder auf. Überall lagen zerbrochene Palmen, entwurzelte Agaven, tote Möwen. Die Regenzeit hatte tiefe Wunden hinterlassen, aber erstaunlich schnell erholte sich die Natur unter der wieder täglich niederbrennenden Sonne, unter der wir jeden Morgen am ruhiger gewordenen Meer lagen, voller Erinnerungen an unsere Zeit vor der Schlosszeit, voll mit Gesprächen über die Arbeit in den Suiten. Nach und nach hatte der Maler über jede Haupteingangstüre jeder Suite eine Maske gehängt, ausgewählt aus dem großen Fundus von Ghislaines Sammlung. Der lange Korridor von der Form eines gebogenen Frauenschenkels verwandelte sich im Laufe der Zeit in eine Geisterbahn aller Äonen und Kulturen. «Der Korridor ist die Vorhölle, die Suiten sind die Hölle, in der Ghislaines Gäste ihre schmierigen Hufe an der Wand abstreifen. Ich bin der Neger, der bezahlt ist, ihre perversen Träume mit dem Licht meiner Farben zu illuminieren.» Er sagte das nebenbei. Seit Tagen robbte er kniend über den Fußboden des Korridors und malte Auge an Auge an Auge, sodass man über Hunderttausende von Augen ging, um die Zimmer zu erreichen. Man fühlte sich von unten beobachtet von der ganzen Menschheit. Der Maler war ungeduldig geworden. Er wollte so bald wie möglich den ganzen Trakt der Suiten zur Vollendung bringen. Mit lehmiger Erde strich er Figuren auf jedes siebente Fenster des Korridors, die in sich versunken dakauerten, einen Globus eingeklemmt zwischen den Knien. Eine für Damen reservierte Suite stattete er mit winzigen Kaugummiskulpturen aus, die er ringsum auf die Wände klebte, kleine rosa Zungen geformt aus Bazooka, den er pausenlos kaute, um sich das Zigarettenrauchen abzugewöhnen. Bei einem Besuch in der Radarkuppel bei den Männern von der Nachrichtenübermittlung geriet er in eine Situation, die Folgen haben sollte. Die dort arbeitenden Funk-, Radar- und Computerspezialisten legten ein paar weiße Lines, und der Maler, der unter Druck war, nahm mit Begeisterung davon.

«Die weiße Königin greift wieder deine Stellung an», sagte er zu mir.

John, der Chefradiooperator, gab ihm 30 Gramm mit. Der Maler explodierte. Es begann eine gefährliche, schlaflose, hektische Zeit, während Ghislaine bereits ein erstes Fest vorbereitete, um die Suiten einzuweihen. Sie sprach oft davon, wie sie in jede Suite Gäste eingeladen habe und eine schwarze Dance Company aus New York, die zum Höhepunkt des Festes im roten Festsaal tanzen werde. Dabei war der Maler noch nicht so weit. Er arbeitete ununterbrochen weiter, ohne zu schlafen, auf den Zehenspitzen rennend. «Setz dich zu mir, ich male für dich», bat er.

Die Malerei zog sich wie ein fiebriger Fluss von Suite zu Suite. Objekte und kleine Skulpturen aus fragilen oder verderblichen Materialien gaben jedem Raum sein spezielles Gepräge. Es gab violett-fleischige Räume, die wie von einem weißen Aussatz des Wahnsinns zerfressen waren. In einigen Badezimmern hatte er mit einem großen, spitzen Hammer Löcher in die Wände geschlagen, die er mit zerriebenen Scherben beklebte. In die hölzerne Bettstatt einer besonders distinguierten Suite hatte er ein Beil hineingeschlagen, dessen Stiel zu einer rosa Eichel geschnitzt war. Er ließ Teppiche umfärben, mit geometrischen Mustern bemalen, die an Grabeingänge aus alten religiösen Bildern erinnerten. Was immer er tat, Ghislaine hatte für ihn ein sorgfältig abgewogenes Wort der Zustimmung.

«I'm not fishing for compliments», sagte der Maler. «Grace Jones hat einmal erklärt: ‹I see no limits on what I can create, since I see no limits on what I am.›»

Ghislaine war in raffinierte, schwarze Seidenkostüme gekleidet. Sie versuchte, sich als meine Schwester aufzuspielen, nahm mich zärtlich am Arm. Ich sah die Berechnung in ihren Augen. Sie ging so weit, gemeinsam mit dem Maler Koks zu sniffen, um dabei zu sein. Sie brachte mir ganze Koffer voller Kleider aus Paris mit. Alles passte mir auf unerklärliche Weise, als hätte ich es selber geschneidert. Darunter war ein kurzes, rotes Kleid. Der Maler malte mir darauf sein sich verzehrendes Gesicht in einer Zielscheibe, schwarz-weiß. Ich würde dieses Kleid am Fest tragen. Uns fiel bald darauf auf, dass all die Kleider, die mir Ghislaine gebracht hatte, nichts anderes als Kopien ihrer eigenen Kleider waren. Sie wollte die Grenzen zwischen ihr und mir verwischen. Inständig bat sie mich jetzt jeden Tag, dass ich ihr meine Ikone zeigen solle. Aber ich weigerte mich, hielt sie fest verschlossen in einer hölzernen Kiste, die ich in der Schreinerei hatte anfertigen lassen. Der Maler und ich öffneten manchmal die Kiste und betrachteten mein Bild.

Flucht

Wir verließen Hals über Kopf die Insel. Am 19. Kokaintag (*Cocaine running around in my brains*), als er mich aus dem Schlaf rüttelte – seine Augen waren blutunterlaufen, Stecknadelpupillen, die Wangen eingefallen, seine Hände zitterten –, rief er laut meinen Namen.

«Wir müssen gehen, wir müssen sofort weggehen. Steh auf, bitte steh auf my Heart, wir müssen sofort weggehen.»

Ich rieb mir den Schlaf aus den Augen. Ich sah den umgeworfenen Tisch, ich sah das weiße Pulver auf dem Boden verstreut. Er hatte unseren kleinen Samsonite in der Hand, warf mir einen Mantel über. Rasch stiegen wir in die wartende Limousine. Gary fuhr uns stumm im Höchsttempo an die Rollbahn. Er schwitzte, begriff nicht, was los war. Der Maler wollte ihn auf keinen Fall mithaben. Das Quietschen der Reifen erinnerte mich an jenen Vormittag in Amsterdam, als wir nach Schiphol gebracht wurden. Ich nahm eine Dusche in Ghislaines Jet, als wir bereits oben am Firmament über Neufundland flogen. Er ging im Flugzeug auf und ab und sprach pausenlos auf mich los, dass er es noch nicht geschafft habe, die gottverdammten Suiten, die ihm langsam wie ein KZ vorkämen, fertigzumachen, dass wir wie früher durch Europa bummeln wollten, und er sprach von Hongkong, von Macao, von den Hotels, in die wir gehen würden.

«Scheiß auf unser Ateliernetz rund um den Globus, ich will wieder einmal leben. Blöde Ziege Ghislaine, Kulturfresserin, ich bin nur eine gottverfluchte Aktie für sie, wie konnte ich nur an sie glauben, wie konnte ich nur an ihr Schloss glauben? Sweetheart», rief er verzweifelt, «habe ich meine Seele verkauft? Habe ich unsere Liebe verkauft? Ich habe mich getötet, um dieses Schloss zu malen. Besser wäre ich unter deinen Rippen begraben und würde dort in deinen Gewebezustand übergehen. Besser wäre ich ein räudiger Katzenschrei in deinen Gedärmen, der Furz wird und die Nase der Kulturfledderer verpestet, wenn sie im Begriff sind, die Blutwurst zu tranchieren, die aus meinem Blut fabriziert wird, die sie hinunterschlingen, aber nie verdauen können, weil sie sie zu hastig fressen. In die Ohren und in die Nasenlöcher und in das Maul habe ich mir gleichzeitig eine Zigarette gesteckt, so aufgerieben bin ich eingeklemmt zwischen den Mauern dieses Kriegsschlosses, eingelocht in den Verliesen dieses Hollywood-Albtraumes eines amerikanischen Kastells. Bin ich denn der leibhaftige Goldene Schuss? Wenn ich mich nicht verfluchen müsste, ein Maler zu sein, wäre ich besser ein amerikanischer Dichter geworden, der nach jedem zweiten Wort Scheiße zum Leben sagt.»

Der Maler fluchte unkontrolliert und ging ruhelos im Flugzeug auf und ab.

Wir landeten ein paar Stunden später in London bei dichtem Nebel. Beim Hinuntertauchen in die graue Suppe rauchten wir einen Joint, den uns Gary vor dem Abflug zugesteckt hatte. Als der Zöllner uns fragte, zu welchem Zweck wir nach England kämen, sagte der Maler fröhlich: «Zum Heiraten.»

Der Zöllner, misstrauisch: «Sie sind doch schon verheiratet.»

«Meinen Sie?», sagte der Maler.

Der Zöllner schüttelte den Kopf, murmelte etwas Unverständliches. Wir gingen zum Swissair-Schalter und buchten den Nachmittagsflug nach Zürich. Wir waren endlich wieder unter Leuten. Zuerst gingen wir in die Flughafenbar und tranken ein paar *very dry* Martinis und betrachteten die Reisenden, als wären es Marsmenschen. Wir nahmen ein Taxi und ließen den Fahrer zum Tower fahren. Erlöst saßen wir auf einem Parkplatz, streichelten einander und schauten in den Vormittagsverkehr. Die Sonne brach durch den Nebel. Wir fuhren weiter ins East End, wo wir eine illegale Bar, die von Indern geführt war, kannten. Dort setzten wir uns in die feuchte Hinterstube, aßen gebratenen Reis und tranken Wodka mit Orangensaft. Wir hatten den Taxidriver mit eingeladen; er trank doppelt so schnell wie wir. Er war ein entlassener Gymnasiallehrer, hieß

John Waters, trug einen roten Vollbart und erzählte plötzlich von seiner Frau, dass sie sich Seidenstrümpfe wünsche.

«Seidenstrümpfe? Bravo!», rief der Maler.

Wir fuhren zu Harrods. Dort wanderten wir mit John stundenlang durch alle Stockwerke des Warenhauses und kauften Strümpfe, Unterwäsche – alles, was John, der von den vielen Drinks lallte, sich für seine Frau wünschte. In die Pakete mit der Wäsche steckten wir Süßigkeiten und Gin, was seine Frau sehr, sehr schätze, besonders Gin.

«Thank you very much indeed», sagte John hundertmal. Müde geworden, baten wir ihn, uns im Serpentine Park abzusetzen. Wir spazierten geradeaus über den Rasen auf einen riesigen Baum zu, den wir von früher kannten. Ich bettete uns auf meinen Mantel. Der Maler schneuzte graue Striemen von Koksschnuder aus. Langsam kam er davon herunter. Er schlief, den Kopf auf meinen Schenkeln, sofort ein. Der Baum, unter dem wir früher einmal lange gegeneinander anschwankend gestanden sind, gab ihm Ruhe, und er konnte abschalten.

Natürlich verpassten wir den reservierten Flug, aber am Abend flogen wir nach Zürich, der Maler lachte während des ganzen Fluges über die Schweizer Zeitungen, die er las. «Chliises Hüsli, chliises Hüsli», las er laut aus einem Inserat und lachte laut. In Kloten lange, genaue Kontrolle unseres Handgepäcks. Wir hießen den Taxifahrer, uns in den Wald zu fahren. Im Wald war es still und feucht. Er nahm mich dort am Arm und führte mich ins Dickicht, wo er mich an eine biegsame, junge Buche drückte. Es war wie noch nie. Wir liefen durch den Wald und sangen. Später blieben wir oft stehen und schnupperten nach den Gerüchen des Waldes, die sich mit jenen Gerüchen vermischten, die mir die Beine nach unten liefen im langsamen Wandern, bis wir, ohne dass wir danach gesucht hätten, zu einem Bauernhofrestaurant kamen, vor dessen Türe ein Brunnen rauschte. Der Maler geriet außer sich, weil der Lindenbaum nicht fehlte. Er trank sofort Wasser von der Brunnenröhre, obwohl «Kein Trinkwasser» geschrieben stand. «Es ist trotzdem das beste Wasser der Welt», behauptete er.

Wir betraten das Restaurant, wo wir von oben bis unten gemustert und argwöhnisch angeschaut wurden. Wir wirkten daneben. Wir bestellten Most und Wein und Brot und Käse und Würste. Stundenlang, bis in die Nacht hinein, saßen wir bei offenen Fenstern. Bauern kamen, tranken rasch ein Bier, gingen wieder, es wurde wenig gesprochen. Die spindeldürre, mindestens 90 Jahre alte Wirtin ohne Zähne sagte bei jeder Gelegenheit laut: «Dankäschön, dankäschön.» Der Maler saß gebannt da, als wären wir in einem aufregenden Film. Das Schloss war hier etwas Unvorstellbares, nicht Mögliches. Sicher eine Ausgeburt unseres Wahnsinns. «Ich wollte Bauer werden», sagte er.

Zum Glück vermietete die Alte auch Zimmer. Denn er beschwor mich, hier zu bleiben, in diesem Haus, das gebaut sei wie das Haus, in dem er aufgewachsen sei. «Hörst du das? Das sind die zwitschernden Schwalben.» Und ich sah viele Schwalben, die träumerisch das Haus umflogen.

Am andern Morgen gingen wir mit hingebungsvoll vereinzelt in die Luft hinaus empfundenen Schritten über den Bergkranz und hatten uns in der Mitte. Er hob jeden Tannzapfen auf. Er kniete vor Blumen nieder, um an ihnen zu riechen. Er wälzte sich im Laub.

«Ein Bergkranzrand über dem blau in den Abgrund geschnittenen Bergkessel voller Saft von dir» (sagte er vielleicht).

«Und dort, wo die Schenkel in den Leib stoßen, trage ich dich, mein Herz, wie einen Fisch in einem Glas, in einem Gefühl.»

Und er empfand sich weiter nach unten in den Boden hinein wie ein paar an kräftigen Armen geschwungene Tanzspeere, mit denen er Löcher in die Steine des felsigen Waldweges hieb – als wollte er mir das Innere der Steine zeigen – und schlug mit den Augen aus, wenn ich ihn mit dem Blick streifte. Aus dem Talboden herauf erscholl ein zerhacktes Geläut aus dunkelroten Tönen, die in unseren trockenen Kehlen vibrierten mit der Wirkung eines Giftes. Der Gang über die

Alp ging jetzt durch ein Stück rotbraunen und dunkelsaftgrünen Tannenwald, dem jede romantische Abstrahlung, jedes erdbeerrote Funkeln im Moos fehlte, vielmehr war es ein Kabelgewirr von Stämmen, Ästen, Gräsern, Wurzeln, die in unsere Gesichter wischten und schlugen. Mein Gesicht glühte. Ich schaute ihn an. Sein Gesicht war ein Spiegel des zerwühlten Liebesbettes mit unserem Körperabdruck, blutrotes Amalgam von sagenhaften Orgasmen. Unsere Füße senkten sich ins Waldesdunkel, das eine phosphoreszierende Glut von Klarheit im Körper verbreitete, eine Klarheit der wissenden Empfindung an Vaginaschüssel und Schwanzwurzel, eine Klarheit, die den letzten dumpfen christlich-romantischen Rest aus uns herausfegte, um einem erotischen Raumempfinden Platz zu machen. Der Maler blieb stehen: «Glaubst du, dass das Schloss existiert?» Er fragte mich ohne einen Schimmer Ironie oder Zynismus, als wüsste er es nicht mehr. Weiße, fette Kumuluswolken schlitterten durch die Tannenspitzen. Ich blieb stehen, lachte, küsste ihn auf den Mund. Er brach eine Rute von einem Baum, und im Gehen schlug er heftig auf den Weg, der unter uns durchfloss, grüner Fluss der verzweifelten Hoffnung. Die Grasnarbe in der Mitte des Pfades wölbte sich zwischen unsern Beinen hoch.

«Die Grasnarbe, die gegen deine Fut und meine Schwanzwurzel streicht», sagte der Maler.

«Da – nimm meine Beine, hebe sie an deine Lippen und trinke daraus mitten am steilsten Stück des Weges», antwortete ich.

Lachend gingen wir weiter, getragen von einer noch nie gefühlten Leichtigkeit der Körper. Er folgte dem Pfad, der sich durchs dichte Unterholz schlängelte, das von turmhohen Tannen überragt war. Er ging wie unter einer Vermillionenfachung meiner Schenkel. Die namenlos vielen Blätter waren Augen, die ruhig den Maler betrachteten, der seines Pfades weiter ging bergauf, durch mich. Die feuchten Schnauzen der Rehe drängten aus dem Gebüsch und pressten sich an meinen Hals und auf die nackten Fersen meiner Füße. Der Wegrand war mit Höhleneingängen in deine Gefäße hinein übersät, in denen die

Früchte glänzten, da ich sie unablässig mit Speichel benetzte. Wegbordüren aus goldenem Lehm, auf die der Schweiß unseres aufwärts durch den Wald wandelnden Körpers tropfte, beschienen von gelben Blumen unter dem Dach aus Tannen

> BEÄUGTEN uns die Rehe
> *wir waren*
> *die zahllosen Blätter die*
> UNS BEÄUGTEN
> *das Weltall nahm zu*
> *als würde in eine Flasche ohne*
> *Boden ohne Ende*
> *grüne Milch gegossen aus den*
> *Eutern der Rehe*
> *mein Waldboden*
> *mein Wald-Bach-Bett*
> *ich streichelte*
> *deine Flechten Wurzeln dein Moos*
> *deine Frauenschuhe deine Maienries*
> *deine Buchenstämme und Tannenzweige*
> *ich streichelte dein Laub*
> *deine Äste die mir ins Gesicht*
> *schlugen sanfte peitschende*
> *Küsse*
> *meine Waldweg-Verschlingung*
> *Vermengung unseres Haares mit den Blättern*
> *die von den Bäumen fallen*

Wir nahmen uns bei den Händen und stiegen stundenlang durch Tannenwälder auf, die lebendiges Licht waren (Flamme des *lighters* unter meinen Fingerbeeren), stiegen höher hinauf, berauscht vom tiefen Atmen, ich fuhr immer wieder mit der Hand unter dein Shirt über den schweißglitschigen Rücken, während wir über leere, grün geschleckte Weiden kamen, wo wir uns auf einen steilen Hang legten

UM
AUS DEINEN ARMEN
IN DIE LUFT ZU
KIPPEN

Höher hinauf über graue Geröllhalden, die stetig im Rutschen sind, die Luft wird dünner

WIR SCHAUTEN VON
UNTEN IN DEN
GLETSCHER HINAUF
DER BLÄULICH
rosa
schimmerte und
auf den
Rippen gleißte
und die Schenkel
mächtig über den
Berghang
gespreizt
strahlte er
eisig auf
uns herunter

(Als der Maler endlich in die Alpen hinaufkam, indem er nicht mehr allein war, sondern vierbeinig, merkte er, dass es alles eine reine Sache des Sehens war.

«Wer», sagte er zu mir, «will mir weismachen, dass ich alles nur noch über den Bug einer Rakete, einer Missile sehen muss? Wer will, dass ich mich selber nur noch auf einer Stecknadel wie in einer Nachtfaltersammlung sehen kann?»

Unsere Füße gingen, und der Schnee knirschte unter der Fußhaut und schmolz, vom Blut der Füße getaut, und wir tranken den kleinen Bach unter den Füßen, Schmelzwasser – Wundwasser. Aus den Alpen rutsche ich in die Abgründe und den Tobel des Baches, der erst ein Bach wird, nachdem er von den

Bergflanken gefallen ist [gewiss ist er ein Tier, bevor er von den Bergflanken stürzt und im holprigen Bachbett aufschlägt und Bach wird]. Dann geht er hinunter, wie es ihm vorgezeichnet ist, um im Meer hin und her zu klatschen als Welle.)

Wir erreichten die Stadt, als die Dämmerung hereinbrach. Wir nahmen das erstbeste Hotel hinter dem Bahnhof. Das säuberliche Zimmer wirkte auf uns exotisch. Wir lagen auf der Decke und sprachen in einem fort:

«Ich kann mich kaum noch erinnern, dass ich mich für den Einsamsten der Einsamen hielt. Aber so war es. Ich errötete bereits, wenn mein Name von jemandem ausgesprochen wurde, den ich nicht kannte. Heute gebraucht Ghislaine auf dem Kunstmarkt meinen Namen, als wäre ich eine Waschlauge.»

«Du bist der Schwarze Heinrich, mein Freund», sagte ich.

«Haha – ja – ich bin der Schwarze Heinrich. Meine Knie sind aber grün vom Schmusen im Gras.»

Wir lachten und lachten. Wir fühlten uns weit weg vom Schloss, als müssten wir nie dorthin zurückkehren. Wir liefen nachts durch die Straßen und Gassen Zürichs. Die Bevölkerung schien zu schlafen. Eine gespenstische Ruhe herrschte, die eher einer Lähmung glich oder einem von oben verhängten Ausgehverbot.

Am Morgen nahmen wir stehend unser Frühstück an einem Kiosk des Bahnhofs ein. Ein paar wenige Obdachlose tranken Bier und starrten uns feindselig an. Dann kam der Zug. Wir fanden ein leeres Abteil, wo wir uns ungestört küssen konnten. Leise rollte der Zug ins Hochgebirge hinauf.

«Das sind die Berge mit dem Gesicht Giacomettis», sagte er und zeichnete in seinem kleinen Notizbuch Lawinenkegel von der Form weiblicher Schamteile, Abgründe wie seine Seele, Schluchten mit Brücken und Berggipfel, die explodierten. Ich lehnte mich entspannt in den Sitz zurück. «Nur immer weiter weg vom Schloss», war mein einziger Gedanke.

«Switzerland, erigierte Bergwelt, Eis der Ewigkeit, Uhrzeigersinn des Lebens. Giacometti und Wölfli haben sie angespuckt. Ich habe es nur knapp überlebt, als Schweizer geboren zu sein», sagte der Maler, die Kopfhörer übergestülpt, viel zu laut. «Sie wollten mich kleinkriegen. Als ich ein Junge war, fuhr ich, wenn ich ein wenig Geld hatte, oft nach Mailand und streunte dort den ganzen Tag einfach im Bahnhof umher und in der Gegend um den Bahnhof. Ich traute mich nicht in die Stadt hinein.»

Auch wir streunten ein paar Stunden im Bahnhof umher, gingen ins Wachsmuseum, *Hotel Diurno*, und nahmen dann am Abend den Zug nach Genua. Beruhigendes Zugfahren. Wir schliefen im Zug, erreichten eine Stadt morgens um 4, liefen in der frischen Morgenluft durch das leere Pisa, es brannten Kerzen auf dem schiefen Turm zu Ehren des Stadtheiligen, wir kamen dann nach Siena, wo er auf der Piazza glaubte, er sehe Gary und zwei unserer Leibwächter in einer Bar stehen; wir gingen hinein, aber er hatte sich getäuscht. In Siena lagen wir entweder im Bett oder saßen in Kirchen unter den alten Meisterwerken. Jedes Mal, wenn die Kirche menschenleer war, versuchte mich der Maler im Gestühl zu verführen. Wir vergingen vor innerer Hitze.

Wir fuhren nach Rom und stiegen dort, ohne in die Stadt zu gehen, in den Nachtzug nach Florenz. Florenz war vollgepfropft mit Touristen. Wir gingen auf den Airport, um nach einem Flug nach Paris zu schauen. Wieder saßen wir einen ganzen Tag auf einem Flughafen, lagen mehr, als dass wir saßen, wollten in den Sesseln fast ineinanderkriechen. In der Nacht landeten wir auf Charles de Gaulle. Heftige Erinnerungen suchten uns heim. Wir waren elektrisiert und aufgeregt, als wir mit einer mürrischen Taxidriverin, die neben sich einen stinkenden, gelben Pudel sitzen hatte, in die Stadt einfuhren. Der Pudel bellte während der ganzen Fahrt den Maler an und stank aus seiner Schnauze. «Diese pissgelbe Hündin ist niemand anderes als Ghislaine», flüsterte er mir entsetzt zu. «Schau ihre blutunterlaufenen Augen!»

Ich lachte ihn aus. Es regnete in Strömen. Der Verkehr auf den Boulevards stockte. Gellende Hupkonzerte. Fluchend beugte sich unsere Fahrerin zum Fenster raus und beschimpfte die Fußgänger. Mit kreiselndem Blaulicht und kreischenden Sirenen schlängelte sich eine ganze Kolonne von Polizeifahrzeugen an uns vorbei. Der Maler rauchte hemmungslos, die halb gerauchten Zigaretten schnippte er zum Fenster raus. Durch Paris, durch das Gesicht der Menschheit und ihren Leib ging die Fahrt.

Paris, überbordend von Gesichtern und Leibern, nach Nelken, Schweiß, Rosen, Knoblauch, Tod und Meer riechend. Abschattiert in alle Weiß, Gelb, Gilb, Grau, Gräulich, Schwarz, Schwärzlich, Braun, Bräunlich, bewegen sich die Gesichter über den Rümpfen der unendlich Vielen, ober- und unterirdisch durch die Karawanen der unaufhörlichen Völkerwanderung der Stadt, Gesicht, *destiny*! Schreiend, mit den Armen fuchtelnd und mit den Füßen über das Pflaster wetzend, toter Hund auf den Kopf geküsst, hoch auf den Haaren Würste geflochten, Kugelfänger, optische Hilfsgeräte, Runzeln, Fettwülste, ein Indianer aus Arizona wechselt in Cowboy-Boots und einem schwarzen Anzug mit gelber Krawatte leichtfüßig über die 6-spurige Straße. Gesichter, eingeschlagene Lampen, zerbrochene Wagen, Fleisch-Kringelkugeln *(texte intégral face-lifted), texture of life and death* durch Gesicht und Gesicht, durch asiatisches Gesicht, afrikanisches Gesicht, durch Mondwüsten und Schamröten, durch das europäische Gesicht eines bayrischen Jodlers und das chinesische eines Kung-Fu-Kämpfers (wer wollte die Ungezählten alle küssen?). Dieses Gesicht in der dunklen Nische der Passage roch nach verdorbenem Fisch. Zehn geräucherte Schafsköpfe rollten von der Schlachtbank des arabischen Metzgers in den regennassen Straßengraben vor die Füße der zwei Berber, die Teppiche über die Schulter geschlagen tragen, als gelbes Dreieck widergespiegelt im Wasser, als eine afrikanische Familie in die Pfütze tritt (die 2 Mädchen mit glühenden, schwarzen Riesenaugen voran). Ein Mann über zwei Stufen zur Kirchentüre heruntergeflossen, Kopf nach unten, Alkohol ausdünstend, die nackten Beine dreier chinesischer (oder vietnamesischer?) Huren von Saint-Denis, zertreten zu Boden gefallene Fotografien von Abessinierinnen, das Tor riecht nach Salmiak, Schwefel, Pisse, Rattengiftgelb über Katzenscheiße gestreut, in der ein marokkanischer Junge herumstampft, ein Ball fliegt ihm ins Gesicht, Blut tropft zu Boden, eine winzige, dünne Alte humpelt an Stöcken zwischendurch. Als geometrischer Traum entpuppt sich das obere Ende der Rolltreppe voll von ausgespieenen Gesichtern, die ans Tageslicht quellen, geblendet von den zuckenden Sonnenstrahlen, die aus einem kleinen Spalt in den Regenwolken, durch die Balustrade fallend, Gitter auf die Wangen projizieren.

«Du bringst dich ums Leben, wenn du so weiterrauchst!!!»
«Der Pudel bellt mich an wie Ghislaine», sagte der Maler.

Endlich hatten wir unser Hotel erreicht. Weiß der Teufel, weshalb wir plötzlich eine Vorliebe für diese heruntergekommenen Low-Budget-Hotels hatten, ohne dazu gezwungen zu sein. Glaubten wir, uns so verstecken zu können? Wir standen am Fenster und schauten ins Verkehrschaos hinunter und in den Regen. «Das ist das Ende der Welt», sagte er und hustete vom Abgas. Plötzlich riss er mich ins Innere des Zimmers zurück. «Ich habe Gary gesehen und die Leibwache. Sie sind da. Sie sind uns gefolgt. Sie stehen unten vor dem Hotel.» Seine Augen waren weit aufgerissen vor Schreck. «Gopferdammich, wir können nie mehr allein sein. Sie haben uns im Sack. Sie wollen uns ganz auffressen.»

Ich wollte ihm nicht glauben. Wir stritten uns deswegen. Ich ging nach unten, um nachzuschauen. Keine Spur von Gary oder der Leibwache.

«Ich habe sie aber doch gesehen», behauptete der Maler immer wieder.

Wir riefen den Nachtportier, bestellten Essen und Trinken: Baguettes, Wein, Käse, Früchte in solcher Menge, als gälte es, einen Belagerungszustand auszuhalten. Für Tage lagen wir auf dem Bett – liebten uns, lasen die Zeitungen, die wir uns bringen ließen, traten nie mehr auf den Balkon, verließen das Zimmer nie. Der Maler sprach heftig von der vergangenen Nacht:

«Ich wollte das Unmögliche berühren. Heute Nacht habe ich mit dem Hammer deine Uhr aufgeklopft, gierig darin gewühlt, die Räder sprangen raus. Schon wenn dein Finger an meine Haut kam, musste ich vor Schmerz brüllen. Deine Brüste schauten nach hinten. Dort lief der tägliche Kriegsfilm. Ein Kreuz hing schief an der grauen Mauer, auf die obszöne Inschriften geschrieben waren. Kreuzige mich an deinem Kreuz, Verehrte. Faustgroße Brandlöcher glotzten mich an auf dem Teppich, der ansonsten grau aufgequollen war von diesem immer fließenden Schleim. Ich tippte an deinen Ellbogen, klopfte an dein Rückenmark, aß schnell im Stehen eine Wurst, verdrehte die Augen durchs Fenster hinaus über den still daliegenden Innenhof, wo jetzt eine große Bewegung aufkam – mit zwei, drei Schritten übersprang als Erster ein elegant gekleideter Herr ganz in Schwarz, Flinte auf dem Rücken, den Hof. Hinterher eine ganze Bande abgerissener Jungens mit mageren Ärschen in fettigen, engen Jeans von schmutziger Farbe. Wiederholt Sirenen von der nahen Hauptstraße. Und ich nehme die miauende Katze, die gar nicht vorhanden ist, auf den Arm, zupfe an ihren Schwanzhaaren, entspanne ihre Krallen, werfe sie dir ins Gesicht. Zornig schluckst du die Katze, würgst sie runter, spuckst angewidert die Haare aus.» Er delirierte, den Kopf in meinen Schoß vergraben:

«Wären wir doch wieder mitten in einem großen, sanft ansteigenden Wald», sagte er. «Ich drücke dich schnell entschlossen gegen die junge Buche. Raschle im Laub. Sofort sehen wir in unsern Augen das durcheinanderwachsende Gewirr der dahinfließenden Straßen, auf denen wir gewandert sind, Gestrüpp im verklebten, rötlichen Schamhaar, sinken wir in die Knie am Fuße der schlanken Buche. Grasflecken entstehen langsam auf deinen Knien.»

Aber in Wirklichkeit hatten wir uns in diesem Hotelzimmer von Paris verbarrikadiert, und er sprach weiter von seiner fiebrigen Nacht:

«Oh, sofort war es, um tief zu gehen, tief unter die Haut in dein Blut, ein Stochern, ein Rühren in den Kapillaren, Atomen, ein endloses Kommen und Gehen in deine Ohren, Nasenlöcher, in den rot umrissenen Mund, endloses Reiten der Schatten, aufeinanderprojiziert durch das dritte Auge, das wir jetzt bildeten. Die ‹absolute Liebe› ist ‹das dritte Auge›. Eine raue Bürste von Schwänzen umschwirrt das lachende dritte Auge, das in Explosionen zerfließt. Du bist durchlässig», flüsterte der Maler und starrte mich an.

«Unter dem Kamm deiner Brüste, deren Bälle ich greife und hoch über die einander reitenden Schatten werfe in der Zimmerecke beim Fenster, unter dem sich in einer beleidigend fremden Ordnung die Lichter der Autos unablässig mischen, sitzt Ghislaine auf den Schultern von Gary. Das Hotelzimmer ist mit großen Klimaanlagegrills versehen, aus denen ein gefährliches Gift zu strömen scheint, das unsere Haut aufs Extremste spannt. Das Tape schleift unregelmäßig dahin, verzerrt David Bowies Stimme. Aus dem Badezimmer schießen Lichtstrahlen über deinen Rücken, auf dem ich eng angedrückt fliege. Ich bin ein afghanischer Freiheitskämpfer, beladen mit kleinen *rockets*, an einen Geröllhang geklebt, und träume von der Freiheit. Eine Möwe hackt mit dem Schnabel den Fisch auf. All das war ich, wenn ich du und ich gleichzeitig war wie jene kommunizierenden Röhren, von denen ich in einer Schulstunde weit weg sprechen gehört habe; ‹das energetische System des dritten Auges›, denke ich. Jetzt entkleide ich das dritte Auge sorgfältig vom Tigerbikini mit den 2 metallenen Druckknöpfen über der Scham. Ein *airplane* torkelt zur Erde nieder. Deine Füße schlagen den Rhythmus. Sie stecken in schwarz geflochtenen, halbhohen Lederschuhen. Ich nehme dich in die Nacht hinaus in die schwarzen, roten, in die tanzenden Blitze, die über uns zusammenschlagen. Es gibt kein Geländer als deine Hüften. Die schwarzen Schuhe sind innen rot. Das dritte Auge glimmt fern, ein Kohlenbecken in deinen vogelüberschwärmten Feldern und Häuten. Ich bestreiche sie mit den Lippen, bis sie sich röten im Flecken Licht, der aus dem Badezimmer auf deine unerklärliche Schönheit fällt.»

Wir glaubten, auf der Flucht zu sein, hoch in den Alpen, aber wir waren im Durcheinander des Schauplatzes in Paris.

Wenn wir die Sterne nur ansahen
fielen sie
wenn wir uns nur berührten
öffnete sich die Tür
wenn nur die Lippen
feucht bleiben
und sich die Herzschläge
in fanatisches Gehämmer
auflösen die Haut über und
über bedeckt mit Augen
wie Bergseen im Alpenschatten
ein Auge dicht am andern
Löcher und u-förmige Spalten
von Augenketten im
luxuriösesten Schmuckketten-
hemd in dem du
eines Tages aus dem Dunkel
des Badezimmers
nackt vor meine Augen kommst und
ich wie zärtlichste Rechen
und Gabeln die Haare
und Lippen und die
Nase und die Stirn
über deine augenübersäte Haut
schleifen ließ
(wenn gleich jetzt unsere Limousine
mit quietschenden Reifen brennend in
den Holland Tunnel einbiegt und du in meine Arme
rutschst
und wir den Kopf heftig
in einer starken Anziehung
aneinander anschlagen)

«All das Geröll, das ich bin, rutscht über deine Flanken und Fluhen. Unten angekommen, greife ich deinen Nacken so fest, dass es dich in drei langen, blauen Wellen an meinen Strand spült. Glitzernde Schaumkronen auf deinen Lippen. Ich sauge deine Lippen rot, sie verdunkelten auf Blau – später fallen sie in tiefes Schwarz.»

Es klopfte, wir hörten, wie der Schlüssel im Schloss drehte, als ich mich in dir drehte, du dich unter mich hingst und ich dich auf den hinteren Teil des Bettes trug, der der Aufmachfrau, die jetzt das Gesicht durch den Türspalt reckte, verborgen bleibt; ihr Gesicht hing blass über der Sicherheitskette, im Türspalt.

«No, we don't need anything, thank you.»

Und die Flut schlug wieder über uns zusammen, purpurn aus dem leeren Himmel fallende Berührungsverrücktheit, der Geruch deiner Fingernägel im Mund.

«Ich sehe den Raum sich zusammendrängen um deine Schenkel, um deinen Rücken, der über die Bettkante hinunterstürzt. Ich sehe den Raum um die Gegenstände geschlungen.» Atemlos schwieg er.

Dann stritten wir uns, weil ich ausgehen wollte und wünschte, auf unsere angebliche Wache zu pfeifen.

«Du glaubst nicht, dass sie da sind», rief er verzweifelt.

«Und?», fragte ich.

«Lass uns spazieren gehen, als würden wir sie nicht sehen.» Er ließ mich nicht telefonieren, weil er behauptete, sie würden unser Telefon abhören. Er war von Angst gepackt, starrte düster auf die schmierig graue Wand. Unser kleiner, schwarzer Rekorder lief ununterbrochen. Ein ausgeleiertes Band von The Doors. Jim Morrison: *I tell you we must die, I tell you we must die.* Es regnete tagelang.

«Zeit, neue Musik zu kaufen», schlug ich vor.

«Besser Jim singt als das Prasseln des Regens», sagte er, als ich ihn bat, das Tape zu stoppen.

«Du kannst abspringen, wenn du willst», funkelte er mich böse an.

Ich lachte. Wir schickten mehrmals den Portier nach unserem Freund, aber unser Freund blieb verschollen. Jeden Tag kam der Portier unverrichteter Dinge zurück. Am Morgen des achten Tages warf der Maler ein ganzes Bündel Hundertdollarnoten auf den Sébastopol hinunter.

«Bist du verrückt geworden?»

«Was soll's, ich habe vergessen, was Geld ist.»

Am selben Abend bestellten wir ein Taxi, bezahlten das Hotel und fuhren zum Airport. Wir sahen keine Spur von Gary noch von der Leibwache. Wir nahmen das letzte Flugzeug nach Amsterdam, fuhren direkt ins *Paradiso*. Ein weißes Neonkreuz, das regelmäßig nach vorne und hinten schwankt, steht vorne auf dem Giebel des Gebäudes.

«Welcome to the Acid-Rendez-vous-Church», sagte ein verkrüppelter Junkie zu uns, als wir eintraten.

Wieder keine Spur von Gary und der Leibwache. Der Maler kaufte einen Riesenbrocken *black Afghan*. Er brach große Stücke davon ab und aß den Shit, als würde es sich um Schokolade handeln.

«Ich bin dein schwankendes Neonkreuz, umarme mich», sagte er.

Diese Umarmung war folgenschwer tief und machte unsere Seelen zu weit außerhalb des Normalen herumschießenden Gefährten.

«Ich bin außer mir», sagte der Maler.

«Ich bin in dir», antwortete ich.

«Jedes deiner Worte bewirkt eine chemische Veränderung meines Speichels.»

«Ich mache deine Arme zu meinen Schenkeln», sagte ich.

Das *Paradiso* war zum Bersten voll mit Punks mit gelben, rosaroten, violetten, blauen, goldenen, silbernen Haaren, voll mit Rastafaris, Surinamesen, Anarchorockern, Gang Members, Softies, Neuen Romantikern, Touristen, die Hasch rauchten und Bier soffen. Langsam mache ich die rechte Hand immer weiter auf über deinem Hinterkopf, sodass sie zuerst nur deine Haare berührt und dann sacht deinen ganzen Hinterschädel ergreift und diesen genau in dem Moment umfasst, als der Drummer der Lords of the New Church in dunkelgrünem Licht auf den Drummer-Stuhl springt und eine Salve von Trommelwirbeln durch das ehemalige Kirchenschiff jagt – und ich drücke leicht deinen Schädel und erfühle seine Form und spüre das Blut unter den Haaren schlagen, und ich merke, dass bei uns beiden das Blut gleichzeitig, ohne im Fließen auch nur für den Bruchteil einer Sekunde innezuhalten, in die entgegengesetzte Richtung fließt. Wir standen ineinander hinein und rutschten durch die exzentrische Sinuskurve unseres Lebens in einer peinigenden Dauer.

Der Saal ins Licht von mehr als 200 Scheinwerfern getaucht, die von der Bühne zucken, ausgehend von drei im Dreieck zueinander hängenden, dreieckigen Scheinwerferbündeln. Deine Haare unter meinen Händen blond und sich aufrichtend, als die Bühne dunkelgrün wird, flackert, und der Sänger, von einem weißen Lichtkegel gejagt, auf die Bühne springt, seitlich hin und her zu rennen beginnt mit hohen Kriegersprüngen.

Am Morgen danach, als wir im abgenutzten Zimmer unseres anonymen amerikanischen Hotels erwachten und das Frühstück in den Raum gerollt wurde, lag eine kleine Notiz auf dem Tablett.

«I wish to speak to you very much. Love, Gary.»

Wir trafen ihn ein paar Stunden später in der Lobby. Der Maler atmete auf. Er wünschte sich plötzlich nichts sehnlicher, als sofort nach Port of St. Vincent zu seinem Bild zurückzufliegen. Der Jet von Ghislaine stand flugbereit auf Schiphol. Das Schloss rief, der Maler konnte kaum warten, bis er wieder an seine Arbeit gehen konnte. Ich verfluchte Ghislaine und ging mit ihm.

Das Fest

Ein unerwartetes Gefühl der Erlösung bemächtigte sich unser, als wir auf Port of St. Vincent aus dem Jet stiegen und auf das sonnenüberflutete Rollfeld traten. Unsere Flucht war lächerlich gewesen. Ein Schlag ins Wasser. Ghislaine stand da und weinte. Sie flüsterte mir in die Ohren: «Liebste, Sie haben mir den Maler zurückgebracht!» Wieder ein Missverständnis von Anfang an, aber ich antwortete nicht. Wir wanderten durchs Schloss und betrachteten die Bilder, die bereits entstanden waren, begutachteten die Fliesenkeramiken und Teppiche, die während unserer Abwesenheit nach den Entwürfen des Malers ausgeführt worden waren. Kümmerte es uns noch, wo sie sich befanden und in wessen Besitz sie gewesen und unter welchen Umständen sie erarbeitet worden waren? Für einen glücklichen Rundgang war es einerlei, und wir ergingen uns in ihnen wie in uns selber. Auch unser erster Spaziergang an den Strand, durch den Palmenwald, den Hafen entlang, wo uns die Leute freundlich grüßten, ließ unser Herz höherschlagen, und wir atmeten auf.

«Back in paradise, back in paradise», sagte der Maler.

Der Sand schimmerte. Die tieftaligen Wellen trugen Licht an den Strand. Wir lagen in ihrem Rauschen, die Anspannung wich von uns.

16 Wochen lang arbeitete der Maler jetzt konzentriert und zufrieden, und die Flucht der Suiten füllte sich mit Bildern, die auf unser Leben positiv zurückstrahlten, und das Fest, das Ghislaine zu ihrer Einweihung geben wollte, rückte näher. Bereits probte die Dance Company aus den USA im Festsaal. Ghislaine lief aufgeräumt, mit siegessicherer Mäzenen-Miene durchs Schloss und gab ihre Anordnungen. Wir lagen am Strand und taten, als ob uns das alles nichts anginge. Auf dem Flughafen herrschte schon ein hektisches Treiben. Jet um Jet fiel aus dem Morgenhimmel – ein Lärm, als tobte eine Luftschlacht. Wir hatten uns

im *cliffhouse*, einer turmartigen Klippenarchitektur, verschanzt und beobachteten alles von Weitem. Wir fühlten uns wie Schlachtopfer, um handkehrum zueinander zu sagen, wie wenig das alles mit uns zu tun habe, wie unbegreiflich einsam wir uns schon jetzt, nur durch den Anblick der Ankommenden, zu fühlen begännen! Was für ein gottverdammtes Drama, ein Künstler am Ende des 20. Jahrhunderts zu sein! Wollte der Maler in Selbstmitleid zerfließen aus Angst vor den Besuchern und dem Schock, das Bild auf die Leute losgelassen zu haben? Ich griff zielstrebig in die Hose des Malers, nahm seinen Schwanz in die Hände und sagte: «Du musst mich nur die ganze Zeit spüren, dann kann dich niemand verletzen.» Er umarmte mich, und wir lachten und spürten im Gelächter unser gemeinsames Feuer brennen.

Der Empfang der Gäste fand am nachmittags um 3 Uhr im frauenschenkelförmigen Korridor entlang der Suiten statt. Ghislaine stellte uns jedem Gast persönlich vor. Ich werde mich hüten, hier auch nur einen Namen zu nennen. Ich will diese Leute so anonym bleiben lassen, wie sie uns erschienen. Die meisten existieren in meiner Erinnerung bestenfalls als ein aus der Maske gefallener, einzelner Satz. Graue Eminenzen und braun gebrannte Drahtzieherinnen schüttelten einander die Hände. Ehrgeizige Kunstforscher und unschuldige geistliche Würdenträger verneigten sich voreinander. Hochbeinige Texanerinnen, halb Callgirls, halb Ölquellensammlerinnen, Desperados des öffentlichen Parketts, Milliardenverschieber – kurz diejenigen, die der Erdkruste den letzten Rest Wirklichkeit aussaugen – sowie harmlose Träumer, die zur Unterhaltung der Ersteren beitragen, indem sie pausenlos über Kunst sprechen, himmelten einander an. Das Bild des Korridors, halb Glasmalerei, halb Assemblage von exzentrischen Schmerzlichkeiten des Menschheitsbewusstseins, hielt die Gäste durch seine Farben umfangen. Sie standen auf den Millionen Augen, die den Flur bedeckten. Ein Rausch entstand in den Körpern der sich Begrüßenden. Küsse, Umarmungen, kaum merklich wurden die Stimmen immer lauter, eine Fado-

sängerin aus Portugal wurde singend auf einem lautlosen, mit weißen Lilien geschmückten Elektromobil durch den Korridor auf- und abgeführt in der Geschwindigkeit eines Minutenzeigers. Wehmütig verwob sich der Gesang der weißhäutigen, schwarzhaarigen, rotmündigen Sängerin mit den sich vermischenden Farben des Bildes.
Miss Universal kippt ohnmächtig aus ihren italienischen Moretto-Schuhen und schlägt flach auf den augenübersäten Boden. Vielleicht gar nicht aufgrund des angreifenden Bildes des Malers (der sich das aber gerne einbilden wollte). Ghislaine beugt sich über sie. Ein paar fette Direktoren ihrer Unternehmen erhaschen einen Blick auf ihren crèmefarbenen Schlüpfer. Die Schlossambulanz karrt Miss Universal weg. Die Augen auf dem Schlossfußboden zwinkern (infolge jener speziellen Malerei, die Bewegung ist). Eine laute Stimme aus Idaho (Potato State) beschwert sich über die moderne Kunst: «Da hat's ja gar keine Mickeys und keine Donalds!», kreischt sie.
Der Maler kommt sich vor wie ein europäisches Nichts angesichts dieser übertriebenen kulturellen Forderung aus dem Innern der USA. Er mit seinen Erinnerungen, die alle europäischen Künstler plagen. Dann merkt er, dass mehr gesoffen und geschnupft wird als geschaut. Die ganze sentimentale Schwertragerei seines Künstlerlebens wird lächerlich gemacht. Er verfällt sofort auf einen gemeinen Schachzug und streut das Gerücht, die iranischen Kaviarhäppchen seien von extremistischen Muslims der islamischen Revolution mit einer Seuche infiziert worden. Ha! Die ganze Versammlung der Ghislaine-Freunde lässt die Kaviarhäppchen auf sein Fußbodenbild fallen. (Wäre doch unsere Katze namens Picasso da und fräße sie auf.) Nein – so kommt der fette Gary mit seiner dicken Brille und rutscht darauf aus, bevor aufgewischt ist. Ein forscher junger Mann (einer von Ghislaines Managern in elegantem Satinsmoking und mit schillernder Fliege) mischt sich ein und sagt: «Man erzählt sich, Sie glaubten an die Liebe.» Seine Begleiterin sagt: «Das ist eine sehr verblüffende Marketing-Idee, an die Liebe zu glauben. Maestro, wie sind Sie nur darauf gekommen?» Der

Maler schaut mich mit großen Augen fragend an («Sollen wir weggehen?», sagen seine Augen). Ein führender französischer Gesellschaftsautor zieht ihn aber zur Seite und flüstert in sein Ohr: «Verehrter, Ihre Expressivität ist zu monströs. Wo bleibt da der *bon chic*? Ghislaine muss verrückt geworden sein, dass sie ausgerechnet auf Sie gekommen ist.»

«Lass uns hierbleiben und diesen Zirkus anhören», bittet mich der Maler konsterniert.

Hat er dafür sein Leben aufs Spiel gesetzt? Hat er sich dafür beim Malen auf bloßen Füßen eine fast tödliche Lungenentzündung geholt?

«Was für eine obszöne, changierende Wunde. Herzliche Gratulation», nickt ein tonangebender Kunstkritiker anerkennend dem kreideweiß an die bemalte Wand gelehnten Maler zu.

Ghislaine schnappt den Satz auf und erzählt ihn tausendmal weiter, während das Fest seinen Gang nimmt und wir nicht mehr wissen, ob wir vor Scham in Ghislaines deodoriertes Armloch kriechen sollen. Mein Freund trägt heute seinen rechten Arm in einem Fake-Verband und in Schlinge, damit er keine Hände drücken muss. «Wie recht er hat», sagt eine 2-Zentner-Dame in einem rosa Kleid von Thierry Mugler zu Ghislaine, die unablässig nickt.

«Was machen Sie mit dem Geld, das Ihre Kunst bringt?», fragt ein kalifornischer Beau, der vor allem vom Fernsehen her bekannt ist.

«Ich kaufe mir neue Farben», erwidert der Maler nonchalant und dreht sich mit mir am Arm von ihm ab.

«Ghislaines Kokain-Raffinerie im Innern der Insel wird mehr abwerfen als diese Art Show», hören wir eine gräuliche Eminenz im Mao-Anzug vieldeutig an ein paar Damen gerichtet sagen.

Und das Fest will nicht enden. Der Maler kann kaum mehr stehen, aber ist süchtig, Obszönitäten aufzuschnappen, und das beglückt Ghislaine, die adrette Nichtigkeiten austauscht mit einem ebenfalls vor allem durchs Fernsehen berühmt gewordenen Diplomaten.

«Ach, es macht mich immer depressiv, einem Künstler in sein unordentliches Innenleben hineinzufolgen», hören wir diesen seufzend klagen.

«Pornografie und Kunst ist Ihr großartiges Rezept», versucht uns ein anderer mit flötender Stimme Verständnis vorzuheucheln, «gegen Ihr Werk ist das von X eher ideendünn, farbenblass, von der Discowelle angekränkelt und hält den Vergleich nicht aus», hofiert er den Maler, der mich jetzt in einen Sessel zieht, er kann nicht mehr stehen, ihm wird speiübel.

«Wir tanzen auf dem falschen Ball», ruft er gellend aus.

Für eine Hundertstelsekunde verstummt die Gesellschaft und schaut indigniert in unsere Richtung. Aber da wird neuer Champagner aufgefahren, und bereits haben sie uns wieder vergessen. Eine ausgebleichte, dünne Lady aus N.Y. mit breitem Südstaatenakzent, deren Hals vom Diamantencollier vornübergezogen wird auf ihre spitzen Brüste, stellt sich uns vor und befingert den Maler und will ihn trösten. «Kommen Sie doch mit mir in meine Suite, Dear, um mir das Bild zu erklären.» Der Maler antwortet ausweichend, es gäbe nichts zu erklären, es gäbe nur etwas zu sehen.

«Z gseh, blindi Chueh», sagt er in Schweizer Dialekt.

Die Dame lächelt entzückt: «You are sweet, ohh!»

Ghislaine tätschelt meine Wangen und bittet mich, ihr zu folgen, sie wolle mich dieser oder jener Präsidentengattin vorstellen, aber ich will beim Maler bleiben, der sich nicht aus seinem Stuhl bewegen will, weil er von unten in die berühmten Gesichter hinaufhört, die Plattheiten absondern wie «Wo kann ich hier das Prinzip Hoffnung finden? In der roten Farbe?» Sic, ein gesetzter Herr, dessen wichtige Funktion ihn zu einem Plapperer degradiert habe, wie seine Frau entschuldigend zum Maler sagt – wobei der Genannte an seinem Hörapparat zupft. Und sie gibt uns die Visitenkarte ihres Psychiaters in Paris. «Für alle Fälle», sagt sie zu mir.

Der Maler nimmt, mir schelmisch zulächelnd, die Karte aus meiner Hand und küsst mich auf den Hals. Gary kommt mit der angeblichen Fadosängerin aus Portugal, die vorhin so schön gesungen hat, um uns bekannt zu machen. Sie entpuppt sich als eine fade Puppe bzw. als ein elektronisches Surrogat aus den geheimen Laboratorien von Ghislaine.

«Das ist noch gar nichts», meint Gary und lacht herzlich, «die schwarzen Tänzer aus den USA sind auch künstlich hergestellt, Robots, ihr glaubt doch nicht, dass sich die Leute hier mit echten Negern abgeben würden.»

Wie frech er grinst und aus seinen aufgerissenen Augen blitzt. Ein schlaksiger Teenie stellt sich breitbeinig vor uns und sagt giftig: «Sie doppelköpfiges Freiwild der Gesellschaft, früher haben Sie uns die Bilder wie Molotow-Cocktails ins Fenster geschmissen. Was ist nur aus Ihnen geworden?»

Der Maler summte den Doors-Song *Show me the Way to the next Whiskey Bar* und antwortete nicht. G. umschwirrte uns von Weitem, persönliche Kusshändchen zu uns hinüberschickend, für einen Moment dachten wir, die Zeit sei zurückgekippt in ein früheres, höfisches Zeitalter. Zwei junge Damen stützten eine schlanke Greisin, die uns mit spitzen Schreien ihre wortreiche Begeisterung kundtat; in aalglattem Französisch bat sie uns inständig, auch mit ihr einen *contrat* für ihr *château* abzuschließen. Ich sah, wie der Maler kreideweiß wurde, und tippte ihn mit den Fingern an, um seinen Blutdruck zu stabilisieren. Wir waren in eine offen stehende Flügeltüre an die pralle Sonne getreten und hielten einander und sahen einander lächelnd in die Augen, und die Sonne streichelte unsere Körper und machte unsere Säfte fließen.

«Darling», begann er, «was immer wir auch nach der Luft unserer Freiheit schnappen müssen, die Liebe ist ganz geworden. Wir sind ineinander tanzende Tänzer, das ist der Höhepunkt aller Höhepunkte, der Samba lente ineinander, vom Tod immer beleckt.»

«Cazzo dolce», antwortete ich ihm, «Hunger nach dem großen Raum, das sind wir. Lass uns von hier bald weggehen.»

«Wie?», fragte er.

Hinter unseren Rücken brach ein Begeisterungssturm aus: Die Schlüssel zu den Suiten wurden verteilt. Jedermann machte sich auf, die für ihn reservierte Suite zu betreten und zu betrachten. Das ging Ghislaines Publikum jetzt bereits beträchtlich näher, denn da drin mussten sie schließlich übernachten. Die Töne der Begeisterung waren jetzt schrill, was irgendwie eine gespannte Atmosphäre ausdrückte. Man staunte über die übergroßen, mosaikbelegten Bäder voller erotischer Darstellungen, man weidete sich an oder duckte sich in den von Farben oder Nichtfarben explodierenden Schlafräumen, erschreckte sich über die schwarz ausgekohlten Suiten, die von obszönen, weißen Linien durchzuckt wurden. Die vom Tuschepinsel des Malers angehauchten Seidenvorhänge, die vom Maler in die Farben getauchten Betttücher, alles zusammen, diese endlose Flut von durchwachten Nächten und halluzinierenden Sonnentagen, seine ganze Akribie des Wahnsinns und der Klarheit, die miteinander tanzen, all seine Verschleuderung taten sichtbar ihre Wirkung auf die jetzt sich immer zügelloser benehmenden Gäste. Ein lautes Palaver brach aus, bis sich dann die meisten Gäste zurückzogen in ihre Räume, um sich auf die bevorstehende, lange erste Nacht im Ballsaal vorzubereiten: denn große Garderobe musste gemacht werden. Ich kleidete mich in das kurze, rote Kleid, auf das des Malers sich verzehrendes Gesicht gemalt war. Er hatte eine enge Jeans an und einen tannengrünen Kittel über dem nackten Oberkörper. Um elf Uhr abends ertönten die Gongs, die zur Einweihung des großen, roten Festsaales riefen. Die Gäste trugen zu diesem Zweck die Kostüme, die der Maler auf Wunsch von Ghislaine für jeden Einzelnen aufgrund eines kurzen Steckbriefes entworfen hatte. Sie würden die letzten Partikel des Festsaalbildes sein, und das Bild würde erst durch ihr Eintreten vollkommen sein. In den Suiten hingen die phantastischen Gewänder bereit, eine Verschwendung von Seidentüchern, Gold und Edelstein. Ein ganzer Zoo von Eitelkeiten machte sich bereit, die Farben und bizarren Formen in den sternförmigen Festsaal hineinzutragen, wo wir mit Ghislaine erneut jedermann begrüßten. Ein Orchester drehte sich auf einem quälend langsamen Karussell. Diener in schwarzen Anzügen bildeten mit ihren silbernen

Schalen und Tabletts einen Kontrast zu den mit namenlosen Verschrumpfungen von Tier- und Menschenhäuten bemalten Kleidern der Gäste. Auf dem Rücken einen Fisch mit einem Penis aus Perlen im Maul, stand Ghislaine da in Sankt Galler Spitze, ihre Schuhe ein feinstes Ledermosaik von glühenden Augen. Sie ließ sich umschwärmen und beglückwünschen, und jedes Mal, wenn sie in unsere Nähe kam, huschte sie an unsere Seite, um uns zu küssen. Das Licht wurde abgedunkelt. Ein paar Reihen Stühle wurden aufgestellt, der Tanz der schwarzen Dance Company begann, wundersam in rotes Licht getaucht, drehten sich die Tänzer durcheinander wie ein glühendes Liebesmagma. Sie waren alle nackt bis auf einen roten Gürtel aus Seide, die Körper rot bemalt. Der rasende Tanz um das Zentrum des Festsaales, um die Spiegelsäule mit dem hingeflossenen Körper aus Teer raubte der Schar der Eingelassenen den Atem. Der Maler betrachtete die Verkleideten und lächelte und wiegte sich an meinem Arm im Rhythmus des Tanzes. Der Tanz im Festsaal lenkte meine Augen auf das, was sich im Innern meines Blutes abspielte, auf mein Bewusstsein, dass noch in dieser Nacht ein Fest in mein Fleisch eindringen würde, wenn ich den Maler zurück in unser Bett führen würde. Die Solotänzerin und der Solotänzer wurden auf den Rücken der Tänzer in langsamen, wiegenden Schritten aus dem Saal getragen, die Musik setzte aus, und den Partybesuchern in ihren ungewohnten Kleidern wurden Erfrischungen gereicht. Da gewahrten wir unsere Freunde: den Griechen und an seinem Arm die erste Sammlerin des Malers, eine Person, die seinen Entwicklungsweg an eigener Haut miterlebt hatte und der man über die Schwierigkeiten, in welchen unsere freiheitsdurstigen Herzen hier lavierten, nichts vormachen konnte bzw. musste. Sie freute sich, das neue Werk zu sehen. Der Grieche war kaum wiederzuerkennen. Lange Entbehrungen musste er hinter sich haben, Zeichen der Erschöpfung breiteten sich über sein Gesicht aus. Er gab nur ausweichend Auskunft über sein Techtelmechtel mit Ghislaine. «You know, she is really paranoid about you», sagte er zum Maler. Er erzählte, wie er sich in den letzten Monaten in einer Villa von G. in der Nähe von Saint-Tropez für 6 Monate eingeschlossen hatte, um an einem Buch über den Maler zu schreiben. Er schreibe nur aus Notwendigkeit, weil er das seiner Liebe zum Maler schuldig sei. Er fühle sich nicht von G. abhängig. Er werde nur bezahlt, wie es sich gehöre. Er habe schon immer seine Armut abstreifen wollen, wie er es auch für den Maler als notwendig erachte, dass dieser endlich aus dem Zustand eines nomadisierenden Flüchtlings herausgewachsen sei.

«Bin ich das? Was ist mit dir geschehen?», fragte der Maler.

«Ich wollte rasch ein griffiges Buch über deine Arbeit herstellen, und während des Schreibens – das ich anfänglich für bloßen Broterwerb hielt – rutschte ich durch das Anschauen der Bilder immer mehr in meine Abgründe hinunter. Plötzlich war ich auf einer Reise zu mir selber. Als ich G. den Text vorstellte, verstand sie kein Wort. Zum ersten Mal begriff ich, was in euch hier auf der Insel vorgehen muss.»

Wir sahen, wie fehl am Platz er sich diesmal in Ghislaines Nähe vorkam. Zusammen mit unserer Freundin nahmen wir ihn in unsere Mitte und wanderten noch einmal gemeinsam durch den klatschroten, glühenden Festsaal, in dessen südlicher Sternspitze das Bild in eine Neonlichtmalerei überging, in ein mystisches Las Vegas – dort, wo sich die Spiegelstern-Bar befand, mit dem flinken, scharfzüngigen Will als Barkeeper; er stammte aus Neapel und hatte funkelnd schwarze Augen. Wir schlossen ihn sofort in unser Herz und blieben an seiner Theke hängen. Wir bildeten im zuckenden Lichtbild bald eine fröhlich verlorene Gruppe. Neugierig schauten wir dem angeregten Treiben der illustren Gäste zu, es war wie auf einem Karussell des ruinösesten Totentanzes. Die Brüste der Damen glitschten oft unbedacht aus den Ballkleidern, die ein Teil des Bildes waren, die Herren drehten sich wie Uhrenspiegel, G. balzte bald hier, bald dort, die Musik synkopulierte mit dem ganzen Tableau.

Wir zwei wanderten in den anbrechenden Morgen hinaus, um eine stille Nische am Strand aufzusuchen, wo wir uns dem eigenen, dem ersehnten Fest widmen konnten, der wiederholt geübten Vereinigung unserer Leiber in einem neuen, dritten Körper.

Am folgenden Tag wurde zum Abschied ein Brunch im Festsaal serviert, das teuerste Essen der Welt wurde aufgetischt, obwohl die meisten Gäste eher darin herumstocherten als aßen. Wir verabschiedeten uns vorzeitig, denn erst jetzt begannen die zahllosen Sätze, die man uns in der Nacht davor gesagt hatte, in unserem Kopf zu dröhnen, sich voneinander zu unterscheiden, und wir mussten zusammen stundenlang über alles Gehörte sprechen, um es zu verstehen. «Sie malen das herausgerissene Herz», hatte eine Dame barsch zum Maler gesagt. «Man könnte meinen, wir seien auf der Intensivabteilung eines erotischen Irrenhauses», – eine andere Stimme, oder: «Die Kunst als Bordell», hörten wir im Vorbeigehen jemanden sagen.

Die rollenden Wellen des Atlantiks übertönten die abfliegenden Jets und die Stimmen der vergangenen Nacht. Eine heftige Ernüchterung begann, von uns Besitz zu ergreifen. Wir empfanden, was es für uns bedeutete, dass wir einander hatten. Es war, wie von Stromstößen gefoltert zu sein, einander zu berühren, bis sich unsere Körper ineinander bewegten.

(Vielleicht ist in einer immer schneller herumgedrehten Welt, die von Armeen überquillt, der Gedanke, «das Killerbild» malen zu wollen, nicht besonders extravagant. Die Idee reifte in Form von langsam, aber stetig anschwellenden Widerhaken in seiner Haut. Diese erhitzten seine Gedanken gegen Ghislaine immer mehr. Zuerst war nur das Wort: «Killerbild». Er sah dabei, wie Saul vom Pferd stürzte, und sah die stärkste Starkstromwelle von Emotionen, die aus diesem Bild hervorzucken würde. Er sah ein sausendes Messer an Bildschärfe; aber wo wollte es denn hinfliegen? Die Wahrheit war schließlich nicht das Bonbon, das er von einer Backe in die andere schob.)

(Und dieses Schloss?
Unser Schloss, das wir in die Wüste hineingestellt hatten auf duftende Dünen von honigfarbenem Glanz und mit fleischschimmernden Wölbungen. Wir waren die einzigen Bewohner auf nie endendem Spaziergang durch das Schloss mit der unendlichen Anzahl Zimmer.)

(Château ∞
Das Gemäuer des Schlosses streichelten wir uns aus der Haut, ich sog es aus deinen Lippen, die hohen Türme des Schlosses sah ich deutlich auf deinem Leib, als du aus dem Badezimmer tratst mit wippenden Brüsten.)

Museum of Desire

Was der Maler bis zu diesem Zeitpunkt im Schloss erarbeitet hatte, sollte nur ein kleiner Vorgeschmack sein auf das Gesamte, dessen größere Brocken mit offenem Schlund auf ihn warteten. Jetzt kam die große Flucht der Säle an die Reihe, die ausschließlich den Bildern des Malers vorbehalten waren: Säle, deren Volumen das des Dogenpalastes in Venedig übertrifft. Hier sollte ein Museum von Riesengemälden entstehen, das *Museum of Desire*. Der Maler lag neben mir und verfluchte sein Vorhaben. Hier wollte er über alle Grenzen von sich weggehen, hier sollte sich der ganze Handel mit G. in einem gefährlichen Exzess rechtfertigen.

«Verdammter Größenwahn», sagte er. «Hier will ich mich verbrennen, dann nimmst du mein Gerippe unter deine Arme, und wir verschwinden auf Nimmerwiedersehen. Ich will nicht jahrelang herumspielen, sondern eine einzige Detonation, und das *Museum of Desire* ist da.»

Die nackte Angst sprach aus seinen Augen, der Galgenhumor. Unsere Abmachung bestand darin, dass ich ihn auf der Seite der Welt hielt, falls er abzustürzen drohte. Der leere Raum besetzte den Maler wie ein weißes Gift. Die Furcht anzufangen, war so groß, dass wir vorerst entscheidungsunfähig mehrere Tage lang am Strand lagen und gar nichts machten, als der surfenden Besatzung der *Barracuda* zuzusehen. Wir fühlten uns hundeelend, etwas riss an uns. Das Dösen in der Sonne erlöste uns von Zeit zu Zeit von seiner Spannung; unsere Körper luden sich auf wie Batterien. Wir brannten. Die Frage war: Wie lange kann der Maler noch warten mit Zuschlagen? Manchmal fuhren wir am Abend mit der *Barracuda* auf die offene See hinaus; die Sonnenuntergänge waren blutig rot, die Delphine spielten vor dem Bug des in hoher Geschwindigkeit dahinschießenden Schiffes. Wir saßen auf dem

Vorderdeck und ließen die Luft in unsere Körper. Wir fuhren in die rote Sonne hinein, bis sie wegsank und das Wasser dunkel aufschimmerte.

«*Desire, Desire* – das ist der Name des Bildes», sagte der Maler ins Geräusch der Motoren hinein.

In dieser Nacht begann er – und damit eine Zeit der Verlorenheit.

«Liegt nicht ein heimlicher Todeswunsch in der Art deiner Verschleuderung?», fragte ich ihn, näselnd einen Kunstfreund vom vergangenen Fest zitierend.

«Man muss sterben, um zu leben, hätte ich beinahe geantwortet», lachte der Maler. Er fletschte die Zähne und schnitt eine Grimasse, sagte:

> *Es ist die Verlegung der Todesgrenze in die Liebe*
> *ein ganzes Bündel trockene*
> *Rosen vergilbte tiefe*
> *Rot und Gelb mit einem*
> *heftigen Schlag des Kopfes*
> *zwischen Kinn und*
> *Brust zerquetscht*
> *die Hände fassen dich an*
> *der Hüfte und*
> *wirbeln dich im*
> RUNNING GUN BLUES

«Die Erfindung, die mir helfen wird, ist meine lenkbare Gerüstmaschine. Vergiss nicht mein modernstes Equipment. Ich habe Handlanger, die ich nicht brauchen werde. Ich habe die schönsten Wände im schönsten Licht. Die ersten paar Tage wird alles, was ich zustande bringe, wie ein nie landender Schlag ins Wasser wirken. Später wird es sich überstürzen, und die Teile des Ganzen werden sich zusammenfügen, als wäre ich ferngesteuert. Aber die Gesichter der weggegangenen Gäste drehen sich durch meine Augen», sagte der Maler.

«Weg mit ihnen! Sprechen sie?»

«Nein, sie sind zu Masken erstarrt. Sie schürfen meine Augen von innen auf, sie besetzen mich von oben bis unten!»

Ich nahm ihn in die Arme, bis die Gesichter der Gäste aus ihm wichen. Mit einem Kuss machte er sich von mir los und tauchte seine Hände in die Farbe und begann zu tanzen.

«Es ist jetzt, als führest du den Fluss hinauf», sagte ich zu ihm.

Langsam, mit den Hüften wippend, strich er seine Hände auf der Mitte der Wand ab, als gälte es, die Mauer zu erweichen. Die Musik ließ den Raum erzittern. Der Maler sah aus wie Gregor Samsa, als er sich an jenem fatalen Morgen vom Rücken aufrappeln wollte. Dann ging er los. Schnell ließ er sein Elektrogerüst hin und her fahren, rings um den Saal, den Wänden entlang, und zog die eine Grundlinie des Dramas, die die Tiefe des Bildes markieren sollte. In dieser ersten Nacht im *Museum of Desire* erfuhr der Maler, wie hoch über dem Abgrund sich alles abspielen würde.

Die Tage und Nächte begannen sich zu gleichen, wir verließen die Säle nicht mehr, auch nicht, um an den Strand zu gehen. Das Sonnenlicht kam morgens durch die Glasdächer, in der Nacht leuchteten Halogenscheinwerfer. Manchmal kuschelte ich mich tief ins schwarze Bett, das im Zentrum des *Museum of Desire* aufgestellt war, und glitt für ein paar wenige Stunden in Schlaf, bis mich der Maler durch sein lautes Sprechen mit dem Bild aufweckte. Er schrie es an, als wollte es ihm nicht gehorchen. Er beschimpfte es: «Dreckiges Syphilisgeschwür», rief er das Bild, um ihm dann wieder für Stunden Kosenamen zu geben, die eigentlich sonst für mich bestimmt waren. War ich sein Bild?

«Mein Bild ist: ich in dir als Feuer», antwortete er und sagte mir seinen Vers auf:

Hautwurf
Messerspiegel
glitschige
Pupillenmelkerin
meiner berstenden
Schüssel
goldenes
Ingredienz

Enttäuscht stellten wir fest, dass uns nicht mehr Fatimah und Maria das Essen brachten, mit denen wir in einem immer tieferen Augenkontakt gestanden hatten. Sie waren ausgewechselt worden durch zwei traurig blickende Italienerinnen, die erröteten, wenn der Maler sie mit seinem rudimentären Italienisch ansprach. Auf unsere Fragen antwortete man uns, die beiden schwarzen Mädchen hätten unter Heimweh gelitten und seien im Schloss krank geworden. Man habe sie wegschicken müssen. Gary wollte uns trösten, er sagte, dafür sei er dabei mit offenem Bewusstsein, wenn der Maler jetzt seines verliere.

«Ich bewahre im Moment eurer Panik mein Vertrauen, dass alles gut gehen wird. Ich bin euer Freund. Ich hasse in diesem Moment G., weil sie sich das alles kauft, ohne zu wissen, was es ist. Es ist zu paradox!»

«Ich male für Ghislaine den Wunsch, den sie nicht wünschen kann», antwortete der Maler.

Und schon fuhr er wieder sein Gerüst und ging auf die Wände los, oder er brütete über den tischgroßen Entwürfen für das Glasdach, die täglich zwischen der Glaserei und unserem Bett hin und her gingen, während das Bild im Saal an Tiefe gewann. Vorerst ging alles gut. Der Maler lebte wie ein Mönch an meiner Seite für das Bild. Er schien von der sexuellen Spannung, die wir zwischen uns aufbauten, zu zehren. Der Wunsch unseres Fleisches jagte ihn. Aber es war ein langer, langer Weg zu gehen. Der mönchischen Askese folgte die Orgie auf dem Fuß.

Eines Morgens erwachte ich, in ihn verkeilt, schweißgebadet, aus einem Traum, in dem ich seine Haut beim Küssen mit den Zähnen abschabte und sie in einer endlosen Mahlzeit auf der Zunge zergehen ließ, wobei aus seinem klopfenden Hals gutturale Wohllaute kamen. Wenn er mich dann plötzlich verführen kam – genau dann, wenn die Spannung so gestiegen war, dass es schon wehtat, einander anzuschauen –, waren es gewaltige Orgasmen, neuartig tief, als ob sich das im Entstehen begriffene Bild mit unserem Blut verwöbe.

Nina und Selma, wie die beiden Italienerinnen hießen, brachten uns jeden Tag frische Blumen in unser Schlafzimmer-Atelier-Bild. Tage und Nächte durchlag ich auf dem Bauch, spielte mit den Fingern in meinem Gesicht und verfolgte den Maler mit den Augen und sinnierte über das Mysterium unserer Besessenheit voneinander.

«Ich fühle deine Augen wie eine Wunde auf meinem Rücken; ich male mit deinen Augen und halte meine geschlossen», sagte er.

Prince, Stevie Wonder, David Bowie, Jim Morrison, Lou Reed, Grace Jones erfüllten mit ihren Stimmen unser Leben im entstehenden Bild. Im *Museum of Desire* war der Teufel los. Der Maler kam von seinem Gerüst nicht mehr herunter. Tausende von Händen reckten sich aus der Decke, als wollten sie die Luft im Saal greifen und den Maler in sie hineinzerren. In ihren Fingern tanzten zerlöcherte Figuren einen morbiden, schwülen Tanz. Man glaubte, sich selber in die Höhe des Glasdaches emporschießen zu sehen. Man schaute in die Mündung einer Kanone, die Spiegelsplitter in unsere Augen schoss.

«Was passiert mit mir? Ist es noch auszuhalten?», ächzte der Maler. «Ich tue es, damit du es siehst. Ich lasse den Arsch kreisen, um dich ins Bild hineinzustrudeln.»

«Ich schaue dir beim Malen zu – ich sehe, wie der Schweiß aus deinem Körper spritzt, ich sehe deine verzweifelten Steppschritte auf der Klinge des Messers, ich höre dich stöhnen, wie du in meinen Armen stöhnst, ich sehe deinen blinden Fall ins Bild hinunter, mit dem du meinen Körper ins Schwingen bringst.»

Der Maler hielt meine Hände, unsere Hände fühlten sich knisternd trocken an, wenn sie übereinander hinglitten. Seine Fingernägel begannen, an den Mittelfingern wegzufaulen, die bleihaltige Farbe fraß. «Totenränder», dachte ich und legte meine Hände auf seine Stirn.

«Das Bild ist vom selben schwankenden Gleichgewicht zwischen Leben und Tod bestimmt wie unsere erotische Verquickung miteinander. Ich habe jetzt den absoluten Wunsch nach dir, komm!»

So beendigte ich dieses Gespräch, das sich in den folgenden Zärtlichkeiten in einer anderen Sprache aber fortsetzte, denn es bricht nie ab.

Eines Morgens, als mir das monatelange Eingeschlossensein endgültig über war, sagte ich zu ihm: «Es ist Zeit, an die Luft zu gehen, sonst verlierst du deinen großen Atem.» Da lachte er. Endlich sahen wir wieder das Meer und atmeten Seeluft ein, in der unsere Körper schauderten. Täglich unternahmen wir Spaziergänge in unbekannte Gegenden der Insel – aber schon bald war der Maler nicht mehr aus dem Bild herauszubringen.

«Fuck nature», sagte er nur, wenn ich ihn aufforderte, mit mir ans Meer zu gehen.

«Wie kannst du das sagen, du – ein Bauernbub, in den Wäldern bist du aufgewachsen!»

«Du siehst doch, dass das Bild mich nicht loslässt.» Ich betrachtete seine flüchtigen Augen, da sagte er:

«Ich sage nie mehr ‹Fuck nature›, ich sage das nie mehr. Aber geh alleine!»

«Niemals werde ich alleine gehen. Niemals!», rief ich verzweifelt.

«Ja, bitte bleibe. Ich werde sonst wahnsinnig.»

Von Neuem beschränkte sich unser Leben vollständig auf dieses Labyrinth aus Sälen. Die einzigen drei Gesichter, die wir sahen, waren Gary, Selma und Nina. Wir waren einander total ausgeliefert, wie wir dem Bild ausgeliefert waren, das die Räume immer fordernder zu füllen begann; es wuchs weiter, die Farben blendeten mich, und die Augen des Malers sanken immer tiefer in seinen Kopf. Oft sprachen wir für Wochen kein einziges Wort miteinander. Die Songs, die einander pausenlos jagten, lieferten die Wörter. *I love you, Take me to the River, push me into Water, This is the End, When the Music is over, Tonight, Tonight, Stupid People, Stupid War, I love you, Wanna make Love to you, Smooth Operator, Such a Shame, It's my Life* – usw.

«Hätte ich damals ein Wort sagen müssen, ich wäre daran erstickt», sagte der Maler später dazu. Er konnte nicht nur nicht mehr sprechen, er konnte auch nicht mehr sitzen. «Wenn ich mich setze, hätte ich Angst, nicht mehr aufstehen zu können.»

Er wirkte wie von einem unsichtbaren Energizer gespeist, den man nicht abschalten konnte. Er begann, auf eine Weise zu vertieren, die mich noch heißer auf ihn machte. Er wusch sich kaum noch, zwischen den Beinen hervor roch er scharf wie ein Fisch. Manchmal kam er mit seinen farbverschmierten Armen zu mir und grub seinen Kopf, ohne die Arme zu gebrauchen, in meine Scham. Er schleckte mich rasch und zielstrebig. Dann lief er davon, ohne ein Wort zu sagen, ohne dass er mich mit mehr als dem Gesicht berührt hätte. Ein anderes Mal kniete er vor mich, wie ich so auf den schwarzen Tüchern lag, und betete mich an, indem er sich auf meinen Körper verspritzte und laut meine Kosenamen sang. Dann wieder fuhr er hektisch mit seinem Elektrogerüst durch alle Säle, krallte sich in eine Ecke hinein, fuhr im Höchsttempo rückwärts, stoppte das Gefährt, rutschte von seinem Hochsitz herunter, wechselte das Tape, hüpfte umher als Menschenaffe. Aber das Bild leuchtete aus dem Unrat seines Arbeitsschlachtfeldes. Die ganze Szenerie machte einen kriegsähnlichen Eindruck fataler Katastrophe, aus der wie ein Edelstein das Bild ragte, das das Unmögliche berühren wollte. Eine Arbeitsspanne konnte sich abspielen wie ein Guerillakrieg des Malers gegen sich selber, eine andere wurde zu einer über viele Morgen verschleppten Liebesnacht mit mir. Aus diesen Gegensätzen baute sich das Bild durch die

Säle hindurch auf. Er schob unser Bett vor eine große Wand, richtete mir die wohlduftenden, schwarzen Kissen zurecht, legte das Bowie-Album *Tonight* auf und malte für mich; ich folgte ihm, in den Kissen hoch aufgerichtet, eine fleischige Blume entstand, in deren inneren Blütenblättern auf Wiesen liegende Liebespaare auftauchten, die wiederum in sich ein dunkles, wespenartiges Geschwür des Krieges trugen. Gleichzeitig war das Ganze ein Spiegel unserer beiden sich küssenden Gesichter, glich einer im All absaufenden Weltkugel – und je nachdem, wie ich es lesen wollte, stellte es nichts anderes dar als meinen in den Saal hinausgereckten Arsch. Er malte für mich, indem er mich in das Theater seines kreativen Dramas gesetzt hatte. Er tanzte für mich eine Pantomime, gespickt mit erotischen Mystizismen unseres Liebeslebens, tänzelnd und ins Stampfen geratend, ein Stammestanz unserer Verlorenheit ineinander. Ein Glücksgefühl brandete von meinem Körper durch den Raum auf seinen Rücken, den er mir malend zugedreht hatte. Er löste sich im Bild auf, und über ihn verschmolz auch meine ganze Begierde mit dem Bild.

Ich weiß nicht, wie lange dieser Tanz andauerte, Zeit galt uns nichts. Das Bild wurde auf der Wand ablesbar. Er endete, ging unter die Dusche und kam sauber auf meine Kissen knien, wo er sich mit Palmenöl massieren ließ. In solchen Momenten konnte es mir gefallen, ihn so leer zu saugen, dass er in meinen Armen einschlief und wieder einmal zu Schlaf kam. Aber kaum wachte er auf, sagte er bereits: «Ich mache die Schlafräume von Ghislaine zur obszönsten Kapelle der Welt. Ich male das Killerbild auf ihre Wände», und rannte wieder an die Arbeit. «Ich benötige 5000 Kilo Nervengift», befahl er, «Nervengift.»

Ein Nebensaal war an der Reihe. Der Maler ließ die Fenster mit Erde zuschütten und grub einen Tunnel nach außen. Boden, Wände und Decke bezog er mit einem zitternden Netz von schwarzen Stäben, dunkle Klingen voll aufgespießter Augenpaare. Es war, als träfe den Eintretenden ein ganzer Wald von Trommelstecken auf den Kopf. Er schlug wie ein Narr auf die Wände los, schlug Löcher hinein, die Höhlen bildeten, in die er Blut strich, das ihm vom Arm floss, weil er sich verletzt hatte, als er allzu flink vom Gerüstwagen hinunterglitt. Den Erdwall gegen die Fenster übertropfte er mit kochendem Gold. Was zuerst wie esoterisches, okkultes Tun aussah, wirkte in meine Träume hinunter. Etwas Neues war in mir berührt.

«Vielleicht kommen Schlangen hereingekrochen durch den Tunnel», hoffte er.

Einen andern Raum füllte der Maler so mit Spiegelsplittern an, dass man kaum passieren konnte, eine vereinzelte Flasche ragte daraus hervor, in ihr ein kleines, weißes Segelschiff. An der Decke hing ein TV-Gerät, von dem ein Spiegelsplitterregen gesendet wurde, ein Endlosfilm aus unserem Videolabor, durch neueste *special effects* ermöglicht.

«Später will ich einen verborgenen Motor einbauen, der die Spiegelsplitter in ständige Bewegung versetzt, eine Geröllhalde der Augenblicke.»

Die Bilderflut drohte ihn zu überschwemmen. Ein anderer Saal wurde mit einem wirren Wald von schiefen Holzkreuzen ausgefüllt, an die mit Gummischnüren aus Wachs geformte rote Liebespaare geschnallt waren. An der Decke drehte sich eine große, rote Kautschukzunge, von der Wasser spritzte, das am Boden in Bleikanälen aufgesammelt wurde, die einen Abfluss besaß in eine Vertiefung von der Form eines weiblichen Bauches.

Er drehte wieder Tage und Nächte durch, ohne zu schlafen. Sein Lachen klang metallisch. Er sprach so schnell und so viel, als würde er keine Antwort mehr erwarten. Er rannte, damit ihn die Nervenstränge nicht von innen heraus erdrosseln konnten.

«Ich male den nackten Arsch der Madonna. Das Goldene Dreieck, das Bermudadreieck, den Orchestertriangel, das Loch!»

Mit gutturalen Uuuhh-Schreien unterstützte er jede Bewegung seiner malenden Arme. Dann trabte er wieder an mich heran, ließ sich lange über seine Basketballschuhe aus, die ihm im Schloss wertvolle Dienste von Anfang an geleistet hätten, sprach von ihnen verliebt, als wären es Menschen, um mir nichts, dir nichts über mich herzufallen mit grasenden, schmatzenden Küssen, bis er mich verführt hatte zu einer Liebe, die auf der Zunge nach Blut roch.

In seine Bemühungen hatte sich eine fatale Ausweglosigkeit eingeschlichen, als hielte er sich selber am Schopf und schöbe sich in einen Krematoriumsofen hinein. Ein bereits angetrocknetes Bild kratzte er mit Spachtelmessern wieder weg, ließ hier und dort Fragmente stehen. Wie die müde gewordene Haut der Menschheit fiel das Bild in hässlichen Runzeln zu Boden. Er knetete die halbtrockenen Farbschlieren zu einem kleinen Brunnen und baute mit Teer ein sich verästelndes Flussbett auf den Boden, in das er Quecksilber füllte. Darauf verfiel er in eine neue Manie. Er rannte mehrere Stunden lang immer von Neuem gegen eine Wand los, mit beiden Händen hielt er einen Dolch, nahm 50 Meter Anlauf von der gegenüberliegenden Wand, rannte schreiend los, hielt den Schrei über die vollen 50 Meter in einem einzigen, gellenden Ton aus, um den Dolch mit letztem Kraftaufwand in die Wand zu stoßen. Auf diese Weise schlug er die Umrisse eines weiblichen Körpers von göttinähnlicher Schönheit aus der Wand. Ich dachte, er müsste vor Erschöpfung so ausgepowert sein, zum Totumfallen müde – «so zum Verrecken», schrie er, tausendmal auf die Wand losrennend.

«Stopp!», rief ich.

Er blieb augenblicklich stehen, lachte schallend auf, wälzte sich vor Lachen am Boden, kam, auf den Knien auf und ab juckend, auf mich zu, legte leicht seine Hand auf meine Oberschenkel. Er schaute tief in meine Augen hinein, bis uns beiden die Tränen kamen.

We are living in a Material World war der Song, den wir in diesem Moment von unserem World Receiver aus NYC empfingen. Es fiel uns wie Schuppen von den Augen, wie abseitig herausgefallen aus der Welt wir waren – «in einer einzigen Dauer» (Antonin Artaud).

«Ist die Versuchung des Malers das Perpetuum-Mobile-Bild des flüchtigen Augenblicks der Berührung des Unmöglichen, eine Reise ohne Wiederkehr?»

«*River of no Return*, der eschatologische Verdauungstrakt», antwortete der Maler zusammenhangslos.

Die Ikone – Auge oder Vagina
Arschloch oder Tür
zur Wirklichkeit?

Diese Wörter blieben abrupt im Raum stehen. Wir würgten sie mit einem heftigen Kuss ab. Unser erotisches Leben eskalierte in halluzinatorischen Zuständen, wir liefen nackt wie läufige Hunde, ineinandersteckend, in den Sälen umher. Wir hatten die Sonne seit Monaten nicht mehr gesehen. Waren wir die Götzendiener der absoluten Liebe? Aber alles war handgreiflich von Blut durchpulst, sodass wir keineswegs unter irgendeinem Realitätsverlust litten. Das wurde auch deutlich im Kriegsbild in Saal 19. 333 Videorecorder, in einer liegenden 8 angeordnet auf Säulen, sendeten je ein Band von 41 Minuten Dauer bis zum längsten mit 391 Stunden über je einen Krieg des 20. Jahrhunderts. Jeder Krieg, auch der kleinste, vergessenste, war dokumentiert. Im schwarz lackierten Saal hing außerdem ein Polaroidfoto eines anonymen Liebespaares, das sich vor Bombensplittern duckte (in rasender Umarmung, bis in die Zähne hinein). Eine japanische Technikergruppe hatte die Videoinstallation in 24 Stunden hingezaubert.

Langsam wuchs das *Museum of Desire*. Das hinterließ deutliche Spuren im Körper des Malers. Ein helles Entsetzen in den Augen, die tief in seinem Kopf lagen. Er arbeitete an einem purpurtintigen Raum des Vergessens, wo er in Hunderten von lasierten Schichten übereinander Figuren malte mit großen japanischen Tuschepinseln, in jeder Hand einen. Ich rieb ihn mit Öl ein, damit sich die Tinte nicht in seiner Haut festsetzen konnte. Die Tinte wurde von dicken, absorbierfähigen (speziell angefertigten) Papierwänden aufgesogen, über die er hin und her lief, «als wäre er mein Pinsel», lachte ich ihn an, und das Feuer packte ihn wieder. Ich sagte zu ihm:

Ich sehe durch deine Haut
sagte es wie
als letztes Aussaugen eines langen Kusses
nahe an seinen Lippen sodass
die Luft aus meinem Mund seinen Mund bestrich
bis unter die Zähne

We have to be like the Saints of
the ancient time – hot
living hot mit einer Viola von
Schamlippen und mit einem steifen
Schwanz wie ein Setzholz des
Gärtners
die Erde aufzustoßen
mit Aufregung
sehen wir, was wir sehen, und
wir sehen jeden Tag tiefer
unter deiner Haut fügen sich die Gelenke
sachte ineinander dass ich
es im Gaumen fühle und auf der
Bauchwand und zwischen
den Beinen

Der Schwarze Heinrich
Fragment aus dem ungeschriebenen Roman

Er (aufbrechendes Geschwür seiner Kindheit Ausstülpung zur Realität des vielheitlichen Augenblicks) hat die grausame Versweisheit

Auf dem wahren Künstlergange
lebt's hienieden sich nicht lange
trägt in sich den Todes Kern –
wahre Künstler sterben gern …

als gottverfluchtes Romantikschlinggewächs in sich drinnen mit allem ihm aus den Gesichtern der andern zuwachsenden Wunschkräften in sich stecken gesehen dass er ausschließlich (langsam lernend) gegen Geiger Tod antreten muss indem er seine Weise tanzt dass er seine Machete die Schwanzpfeife stimmen lernte zum rauchigen Horn das den Blues mit einem Jodel übertönt Schwarzer Heinrich dicklicher Junge stundenlang karfreitags auf der selten befahrenen Dorfstraße Völkerball spielend Volk gegen Volk – Ball um Ball und rannte nach Hause unter sein Bett die verbotenen Bücher zu lesen trat die Reise an in die noch weit entfernten Streicheleien unter meinem Rock legt sein Händchen zwischen die heißen Eier und die Schenkel lernt hinüberzugleiten in eine andere Welt jenseits der gefährlich anschwellenden Schreie der Mutter die Schreie waren eines in die Enge gehetzten Tieres sie drangen durch die Zimmerdecke hinunter in seine Haut (er glaubte sterben zu müssen an den Geräuschen die aus den lauten Bildern fielen) bin nicht draufgegangen sagte er im Römer Hotelzimmer in welches die Rede des Politikers durchs Fenster hineindringt dann wechselte der kleine Heinrich sein heißes Händchen unter die Matratze und spürte das kalte Gusseisen des Bettgestells während er die Seite umblätterte in «Die Brüder Karamasow» die sich vor seinen Augen aufblähten zu armen Schweinen die der Dorfmetzger im Schlachthaus erschoss während er zur Türe reinschaute und jetzt drang ein klägliches Miauen aus der Kehle der Nachbarins Katze die zum Fenster reinstieg schwarzer Samt des lebenden Sarges kam Kätzin ihn rufen über den Fenstersims hinunter ins Waschhaus der Nachbarin die im dampfenden Bauchhaus steht wo die Wäsche in einem Kupferkessel kocht Bauchhaus sagt sie gurrend wie ihre Tauben zu ihm und drückt ihn an ihren warmen feuchten Bauch glitschige Fliesen Dampf pariserblaue Dunkelheit nur das Feuer glüht hell unter dem Kessel und der Schwarze Heinrich der so heißt weil er die Mutter verzaubern kann und sie zum Lachen bringt mitten im Weinkrampf wenn der Hagel die Kabisköpfe auf dem Feld zerhackt und die Salatköpfe zu Brei zerstampft (Gott straft sofort) es ist wegen dem Geruch des Bauches im Bauchhaus der Nachbarin der in seine Nase stach in den mit Autos und Maschinen vollgestopften Scheunen und auf Heustöcken die zu gären begannen unter den heißen Ziegeln und das dunkle Auge schaute den dicklichen Heinrich an der schlaff an der Turnstange hing und den Hass des Lehrers auf sich zog diese Bilder sind ein schwarzer Spiegel des hell explodierenden Todes den er in sich trug und gegen den er ein Mittel finden wollte vor allem für die Mutter die sich ängstigte unvermittelt sagte der Schwarze Heinrich

>*Achtung das*
>*schwarze Auge*
>*frisst uns*

*wollte Greenhorn Henry
in NYC einem Amerikaner
erklären weshalb er keine
Sekunde sein Heimatdorf
je vergessen könne
er höre es in jedem seiner
Worte sehe es in sich
qualmen glühen
er fühle es brennen
in sich*

*poor guy
unfreiwilliger Nomade
gehetzt durch
seine Erinnerungen*

Endlose Karawane von Särgen schlängelt sich durch sein Dorf ich küsse ihn auf den Punkt zurück mit dem Bauch der Nachbarin diese drückte Black Henry an sich und antwortete auf die Frage weshalb riechst du so gut? wenn du geheiratet hast wird's dir deine Frau sagen aber ich muss noch lange warten bis ich heiraten darf sag's mir jetzt bettelte er vergeblich und schlug seinen runden Kopf wieder auf «Die Brüder Karamasow» die er aß Buchstaben um Buchstaben während die Mutter brüllte was ihn zwang schneller und schneller zu lesen. «*Dein ist all' Land wo Tannen stehn*» – sagte die Nachbarin zum Schwarzen Heinrich der es nicht verstand aber es schwang in seinem zitternden Bäuchlein das an den feuchtwarmen Schurz von ihr gepresst ist und sie führte ihn in ihr Schlafzimmer und zeigte ihm Fotos aus der Truhe und die Glasperlen und die Truhe roch wie ihr Bauch und sie wickelte Seidentuch um Seidentuch um seinen Hals und bedeckte seinen Kopf aber Großmutter und Mutter ertappten ihn wie er auf dem kalten Steinboden liegend den linken Zeigefinger an sein linkes Auge haltend die Rahmenleisten auf der Decke nachzeichnete der Kleine ist krank sagte jemand, ha da war ich bereits so verrückt im Voraus Seher (indem ich übte in das Gesehene einzugehen) brüstet sich der Maler verzweifelt weil der Fremde es nicht glauben kann.

*Das Perverse ist
dass
ich mit jedem
Bild ein Stück
aus meinem
Fleisch schlage*

ruft er irrsinnig geworden in den Vernissageraum (Aber da rennt G. herbei mit ihrem Riesenambulanzschlitten) («Schwarzer Fehler meines Lebens» klagt sie) Ave Maria sang ich jahrelang auf den Knien und meinte dieses Bauchhausweh in dir (flüsterte der kätzerische Schmeichler in meine Ohren) die abgestorbenen Bäume flankieren unsere quälend langsame Fahrt im stockenden Verkehr entlang des Tibers Schwarzer Heinrich beiße mich in den Hals sage ich hinter dem Rücken des Taxidrivers um ihn aus dem Schwarzen Auge zu holen das ihn anstarrt aus der Kindheit

*Ich muss etwas gegen den Tod machen
ein paar Schritte
seitwärts
in deine Arme
drei Sprünge über die Brücke
deiner Wimpern*

«In der Kindheit hat's gehagelt der Friedhof stürzte den Abhang hinunter die Prozession stockte weil das Gerücht von einem Selbstmord durch die Reihen der Betenden ging eine Biene stach mir in den Oberarm als ich am Klettergerüst an der Rückwand des Schulhauses hing und ich fiel hinunter» Heinrich ist auf einmal schwarz vom Bilderschlucken ein Römer Bettler schlägt mit zwei geranienroten Beinstümpfen den Takt aufs heiße Pflaster und singt die Litanei gegen den Tod die Abgase nebeln ihn ein sein Kollege in Paris trägt eine elegante Manschette über den Beinstümpfen aus einer Türe aus dem feuchten Korridor in die immer noch heiße Straße tritt ein halb verbranntes Frauengesicht das sich nur in der Nacht hinauswagt ein Engel steht auf der Brücke «Fuck young man» auf den Flügel gesprayt zieht er mich am Arm durch die Straßen und schluckt Bild um Bild sein Herz nimmt einen sachten Sprung über den Straßengraben es liegt ein abgespültes Kind darin dieses Bild schluckt er mit dem Senf des dazutretenden Polizisten und vergisst seine Schwarze Heinrichsvergangenheit und geht in das gegenwärtige Bild hinein um mitzuleiden verlegen kratzt sich H. am Hinterkopf weil eine tote Ente aus dem durchschossenen Himmel auf das Feld neben der Flugpiste hinunterstürzt ein ehemaliger Vietnamkämpfer schmettert eine halb leer getrunkene Champagnerflasche gegen die Hand Neptuns von Bernini und fällt in den Brunnen hinein langsam tritt der Polizist aus dem dahinter stationierten Caravan direkt in das Auge Heinrichs des schwarzen kleinen danebengeborenen schmutzfingrigen grindigen Kratzers am Lack seines Sarges dessen Henkel reißen weil die Träger tanzen er sah das acrylische kalte Glitzern des 100% synthetischen Umhanges einer schwitzenden Nonne auf dem Fußgängerstreifen direkt vor seinem Gesicht des Karfreitagnachmittags seiner Kindheit mit den «Brüdern Karamasow» mit dem «Idioten» einswerdend mit Raskolnikow gegen die Wand heulend den Tod zu verspotten der unumgänglich vorgeschrieben wurde vom bleichen Finger des Pfarrers der vor dem gefesselten pfeildurchschossenen St. Sebastian hin und her schwankte und rief: «der Antichrist ist da» und Heinrich sah dass dieser soeben aus dem Dunkel hinter Sebastian auftauchte schluckte das Bild (ihm wurde vor den Augen schwarz) ohne das Seil von seinem Hals zu nehmen gehst bitte über eine haushohe senkrechte Lehmwand in das dreck- und steineführende Wasser ab (um neue Bildsplitter zu umreißen die ihn inwendig verschwärzen) wurde mit mir zur indischen Miniatur gemalt auf Elfenbein → neues Bild → (*painkiller deathfucker*) rechts vom offenen Fenster durch das H. nach außen auf einen zapfenstrotzenden Föhrenwald blickt: der Mann auf den Arschbacken Pfeife geradeaus in die Hand von ihr die leicht nach hinten auf ein grünes Kissen lehnt weiße Perlen am Hals weiße Perlen über die Mitte des Kopfes nach hinten und mehrfach um die Arme ihre Vagina als Embryo einer Riesenhand mit der linken Hand greift sie sich hinter ihrem Arsch an ihre eigenen Haare die hinunterströmen er hat in der Linken ein Glas mit der er ihr zu trinken geben wird mit der Rechten greift er ihre linke Brust sodass die Warze im Gelenk zwischen Daumen und Zeigefinger blüht – der Briefträger schmeißt eine Tageszeitung in dieses Bild hinein aus der Titelseite springt eine Foto eines Massakers aus Südafrika ins Auge (das blutet vom Druck der sich jagenden *images*) ...

«verdammter *voyager watchman*» (schreit ihn ein Kulturfunktionär an und spuckt auf seine Brust)

3 Maler lernte ich kennen
als ich zwanzig war
der erste war wahnsinnig
schlich durchs Irrenhaus schrieb Gedichte
über Brot
der zweite baute Särge
in denen er Gras wachsen
lassen wollte
aber er fand keinen
Financier
machte Suizid
der dritte lebt auch nicht mehr
ich erinnere mich wie er betrunken
neben das Bett seiner Frau pisste und
später ein tödlicher car crash

«Heilige Jungfrau Maria du steife tote Geiß»
sang der Schwarze Heinrich
leise und trotzig ins
Kirchenlied hinein um die
Gipsfigur zu zwingen
lebendig zu werden und
den Mantel
fallen zu lassen …

Stillstand und Gelächter

Die Bilder des Kaleidoskops meiner Erinnerung rasseln durcheinander. Ich suchte den Maler, lief atemlos durch die Säle des *Museum of Desire*, als ich ihn vor einer leeren, großen Wand sitzen sah. Er hatte mit Kohle ein handgroßes Gesicht, durch das quer ein anderes Gesicht floss, als schwarzes Loch auf die weiße Wand gezeichnet. Er blies hinein mit weit geblähten Wangen, sodass der Kohlestaub wegstob und nur eine leise Andeutung blieb, worin sich ein Auge (oder war es eine Vagina?) bildete. Er kniete in der Mitte der riesigen, weißen Fläche am Boden und trug immer von Neuem Kohle auf und konnte seine Augen nicht vom schwarzen Fleck wegwenden – nicht, als ich mich an seine Seite setzte und mit ihm zu sprechen begann. Er musste wohl schon die ganze Nacht lang vor dieser Wand dagesessen oder gekniet haben. Am Boden lag ein großer Haufen Kohlestaub, seine nackten, braunen Beine waren vollständig davon verstaubt, sein Gesicht war schwarz verschmiert. Er stülpte seine Unterlippe weit hinaus und sah mir nur flüchtig in die Augen mit umschleiertem Blick. Ein Messer fuhr mir ins Herz. Er trug eine schwarze Badehose, zitterte in der Kühle des Raumes. Jetzt sah ich, dass seine Wangen vollgestopft waren. Er spuckte zwei schwärzliche, nasse Papierkugeln hintereinander auf meinen schwarzen, seidenen Morgenrock. Dann musste er sich übergeben. Er war gelb im Gesicht. Ich konnte ihn nicht dazu bewegen, mir zu unserem Bett zu folgen. Unbeweglich starrte er weiterhin auf das Gesicht vor ihm an der Wand, während ich aufwusch und ihm mit einem warmen, nassen Tuch das Gesicht säuberte. Er blickte verwirrt in die Leere. Dann sagte er:

Da geht sie
in den Fetzen
meiner Haut.

Er sah mich nicht an dabei.

«Wer geht in den Fetzen deiner Haut?», fragte ich ihn – froh, dass er endlich etwas gesagt hatte.

In diesem Moment betrat Ghislaine den Saal. Ich hatte ganz vergessen, dass sie heute ankommen würde.

«Da geht sie in den Fetzen meiner Haut.» Er deklamierte diesen Satz, mit gesträubten Haaren, ein irregewordener Priester.

«Ich bleibe bei dir», streichelte ich ihn.

Ghislaine stand jetzt bei uns und runzelte erstaunt die Stirn.

«Guten Tag, wie geht es?», flötete sie mit *candy-smile*.

Wir antworteten nichts. Er änderte von Neuem den Ausdruck des Gesichtes auf der Wand, das sich im leeren Saal verlor.

«Ich wollte, ich könnte mich zu Ihnen setzen», sagte G. und seufzte mit einem müden Gesicht.

«Sie sind es nicht gewohnt, auf dem Boden zu sitzen», sagte ich.

Der Maler blies wieder in die Kohlezeichnung, sodass sich das Gesicht erneut verflüchtigte. Er nahm keine Notiz von ihr.

«Weshalb störe ich?», fragte G. und setzte sich zu uns.

Wir antworteten nicht. Man hörte nur das Knirschen und Splittern der Zeichenkohle, der Maler zeichnete Gesicht über Gesicht, blies es immer wieder weg, starrte minutenlang auf seine schwarzen Hände, wimmerte, wenn ich ihn leicht berührte, riss seinen Mund weit auf, als würde er zu schreien anfangen, brachte aber keinen Ton aus seiner Kehle heraus. Er richtete sich auf und trat mit seinem rechten Fuß so heftig gegen den Kopf an der Wand, dass er aufschrie, den Fuß vor Schmerz haltend, auf einem Bein auf und ab hüpfte. «Bitte gehen Sie», sagte ich zu G. Sie zuckte mit den Achseln und entfernte sich. Kaum war sie weg, schloss ich ihn in meine Arme.

«Ist sie weg?», flüsterte er ängstlich in meine Ohren. «Ich habe den Vertrag gefressen», grinste er dann breit.

Ich liebkoste ihn, er ließ es sich zitternd gefallen.

Noch einmal rief er, laut auflachend: «Ich habe den Vertrag gefressen, hm, hm...» in triumphierendem Ton.

Ich blieb bei ihm sitzen, denn er wollte bleiben, obwohl er seit mindestens 50 Stunden kein Auge mehr zugemacht hatte. «Lass uns still sein, wir wollen nicht mehr sprechen», sagte er mehrmals, obwohl ich gar nichts sagte.

Stunden später muss ich im Sitzen eingeschlafen sein. Er starrte immer noch auf das Gesicht an der Wand und hob warnend den Finger an den Mund, als ich erwachte und meine Augen ausrieb. Das Dröhnen der New Yorker Rockgruppe Sonic Youth erfüllte den Saal mit dem Stück *Copulation*. Ich war sofort hellwach. Ich organisierte etwas Essen, schälte einen Apfel für uns, schnitt ihn in 2 Hälften und reichte ihm eine Hälfte, wie wir das jahrelang immer füreinander getan haben; aber diesmal wollte er nicht mitessen, zeichnete weiter und blies wieder in die Zeichnung. Ich kam mit den Augen kaum in Kontakt mit ihm. Er lächelte. Er nahm mir das Apfelmesser weg und zog die Klinge über seine Handballen. Ich schrie auf. Wieder hob er den Finger an seine Lippen, um mir zu bedeuten, ich solle schweigen. Sein Blick wurde verschwörerisch. Seine linke Hand blutete stark, ich rannte nach einer Hausapotheke. Als ich wieder bei ihm war, sah ich, dass er mit seiner blutenden Hand ein blutiges Viereck um das Gesicht an der Wand zog; er verschmutzte die Wunde, wehrte sich heftig gegen meinen Versuch, seine Wunde zu reinigen und zu stillen. Ich protestierte und wandte alle meine Überredungskünste auf. Er hörte nicht auf, mit der blutenden Wunde über die Wand zu wischen. Schließlich, endlich legte er die Wunde auf meine Schenkel, und ich konnte den klaffenden Schnitt reinigen und verbinden. Ich atmete ein wenig auf. Mehrere Mal tauchte G. in der Türe auf und rief fragend unsere Namen. Wir reagierten nicht. Der Maler begann, sich im Kohlestaub wie ein Berserker zu wälzen. Er schlug mit beiden Händen auf den Boden in einem endlosen Wirbel von Schlägen in gleichbleibendem Rhythmus, tocktocktock, tocktocktock, er achtete nicht auf seine verbundene Linke. Leise sprach ich unaufhörlich auf ihn ein, beschwor ihn, auf sich achtzugeben im Namen unserer Liebe, erzählte ihm von unseren zukünftigen Reisen, die uns weit von diesem Schloss entfernen würden, bat ihn, mit mir von der Insel wegzugehen. Er sagte nur immer «Liebste, Liebling, Liebste, Liebling» – abwesend, als lenkte ihn das schwarze und blutige Gesicht an der Wand ab. Dieses begann, sich jetzt in eine sich öffnende Vagina zu verwandeln, die auf den Boden ausfloss, um sich gleich darauf wieder zurück in ein entsetztes Gesicht mit weit aufgerissenen Augen zu transformieren. Ein brennendes (oder blutendes?) Haus entstand. Die Bewegungen meines versunkenen Liebsten waren qualvoll langsam, aber von größtem Nachdruck und Kraftaufwand. Die Stunden zerrannen. Das Tageslicht kam und ging, in der Nacht saßen wir vollständig im Dunkeln, ich hörte seinen Atem und das Geräusch der Kohle an der Wand, und ich flüsterte zärtliche Namen gegen die dunkle Silhouette seines Körpers, der langsam immer tiefer in die Wand einzudringen schien, dorthin, wo die Zone seines Bildes lag. Er drückte beide Unterarme und seine linke Wange an die Wand, wo sich seine Zeichnung befand. Stundenlang hockte er so, ich berührte ihn am Rücken und sprach meine Worte, die mehr durch unsere Musik auf ihn einwirkten. Als wollte er die Scherben eines Spiegels zusammenflicken, drückte er seine Hände auf die dunklen Spuren auf der Wand, aus denen Gesicht um Gesicht sichtbar wurde. Sollte er aus dem schlitternden Berg von Visionen herauskommen und zurücktreten in unser einziges Bild, das der unaufhörlichen Berührung entsprach? Oder würde er über den Rand hinunterfallen, dass es kein Zurück in unsere Umarmung gab? Welches Ereignis hätte jetzt sein Lachen reizen können? Und nur Lachen, Gelächter schien noch ein Ausweg. Allstündlich schaute G. nach uns, das rief einzig eisiges Schweigen hervor. Ein Gefühl, wie wenn man durch das Klingeln des Telefons aus einem Traum gerissen wird, wenn sie eintrat. Mit einer müden Bewegung meiner Hände scheuchte ich sie jedes Mal weg. Ich wusste, dass es für ihn in diesem Moment keinen Ausweg, sondern nur den Weg mitten durch den ganzen Raum seiner Leere geben würde (Vogel flieg oder stirb), noch einmal drängte er durchs Äußerste, um sich zu transformieren, damit das Schloss jener Schrei in der Wüste werden würde, der das Trommelfell von G. zerjagt und nicht ungehört verklingen wird.

Für einen Moment ließ ich den Maler alleine, mit seinem Blick auf das sich verändernde schwarze Gesicht gerichtet, hocken, und ging nach außen und sah in die letzten Minuten des Nachthimmels hinauf, aus dem die Sterne fielen, bis eine ganz ferne Morgenröte den Himmel von hinten anzuzünden begann. Ich spürte meine aufgeschwollenen Schamlippen zwischen den Oberschenkeln nach ihm zucken. Eine namenlose Wut straffte meine Muskeln, als der Himmel immer heller und röter wurde, und ich kauerte über einen sprudelnden Brunnen im Garten und trank frisches, kaltes Wasser in vielen kleinen Schlucken und eilte ins Schloss zurück, vom Entschluss getrieben, dem allem sofort ein Ende zu machen und ihn vom schwarzen Flecken an der Wand loszureißen in eine neue Zukunft, und wenn es sein sollte, in Afrika, um mit ihm nackt durch die Wälder zu laufen, um die endlosen, zum großen Teil immer noch leeren Räume des Schlosses zu vergessen. Als ich mich jenem Saal näherte, sah ich unsere beiden italienischen Gouvernanten von der Türe weghuschen, wo sie gelauscht hatten. Sie lächelten mir von Weitem ängstlich zu. Mein Herz begann laut zu klopfen, als ich die Türe öffnete. Ich dachte: «Ich werde ihn mit einem langen, immer tiefer in die Kehle hinuntergleitenden Kuss in die Freiheit des Ungeordneten, Unorganisierten, Unbezahlbaren hinausziehen», als meine Augen auf ein unerwartetes Bild fielen: Er saß immer noch im Knien auf seinen Fersen vor der Wand; von Weitem sah ich, wie G. nahe bei ihm stand und den Morgenmantel von ihren Schultern gleiten ließ, sodass sie jetzt nackt war, und als ich näher kam (stumm vor Erstaunen), sagte sie (ich hörte ihre laute, immer gleich enthusiastische Stimme):

«Ich habe geträumt, ich müsse dreimal von Ihnen trinken, wenn Sie das Unmögliche berühren!»

Er drehte sein Gesicht von der Mauer weg und erblickte G., nackt, mager, sich wollüstig darbietend, die Hände ausgestreckt nach seinem Schwanz.

«Vater, wenn du den Becher an mir vorbeigehen lassen kannst», rief er und brach in ein lautes, langes, nachhallendes Lachen aus, das aus ihm wie sich überschlagende Jauchzer und Schreie hervorbrach, sodass G. erschrocken ihren Morgenmantel vom Boden aufraffte. Entsetzt wich sie vor ihm, der immer lauter lachte, zurück, und im Umdrehen sah sie mich. Wie angewurzelt blieb sie stehen. Sie presste ihren seidenen Mantel an sich, als wollte sie ihren Körper verbergen. Der Maler lachte in immer neuen, heiseren Wellen, die ihn schüttelten. Langsam begann er dabei, seinen Hosenschlitz zu öffnen, drehte sich wieder gegen das schwarze, lochartige, sich ständig bewegende Gesicht an der Wand, das mit seinem Blut umschmiert war, und Ghislaine und ich sahen, den Atem anhaltend, wie mein süßer Alchemist an die Wand pisste, seine Kohlezeichnung nonchalant von der Wand herunterschwemmte. Er knöpfte sich die Hose zu und kam, als wäre nichts geschehen, zu mir, zwinkerte lustig mit einem Auge, plötzlich musste auch ich in Lachen ausbrechen, ich hielt mir die Seiten, er lachte mit, als er mich am Arm nahm und mich durch das Labyrinth der Säle nach außen an die frische Luft unter den jetzt blassblauen, hellen Morgenhimmel führte, an dem die Sonne als dunkelgelbe Kugel emporrollte. Am Strand, fernab vom Schloss, schlief er, eng an mich gekuschelt, in meinen Armen, ich fühlte ihn, als wäre er die Wellen, die schwer an die Klippen schlugen. Die Zeit dauerte tief in uns hinunter an, als wären wir der Sand in der Sanduhr, die immer wieder umgedreht wird, damit der Sand weiterrinnt (schnitt ich deinen Schenkel an, um die Jahresringe zu erblicken?).

Der Fluss

Eines Tages brachen wir auf, ließen das Schloss hinter uns; die Kunst, die dort schon vor ihrem Entstehen ein Stück verwaltete Kultur der weißen Rasse war, gaben wir auf, und stattdessen verfielen wir unserer Magie und liefen Hand in Hand geradeaus in den Dschungel. Es hatte geheißen, dort fließe ein starker Fluss, dessen Ursprung gerüchteweise unterirdisch und seine Tiefe ungeheuer sei, aber niemand auf der Insel konnte etwas Bestimmtes darüber sagen. Eines lief hinter dem andern, sodass das Bild der himmelhohen Baumstämme, die im Halbdunkel matt glänzten, mit dem deiner Beine verschmolz. Es war befreiend, die Schlossgesellschaft aufzugeben und sich schutzlos in uns fallen zu lassen. War es, dass wir auf der Höhe der Wipfel gingen, mit Licht von den Tautropfen, die von den Blättern perlten, besprenkelt, oder im Morast des sumpfigen Dschungels wateten und nur aufs Mühsamste vorankamen? Begeiferten giftige Spinnen den unwegsamen Pfad, den wir uns keuchend schlagen mussten? Die Fragen fielen von uns ab wie überreife Nüsse, prasselten uns auf die Köpfe und ließen einen flüchtigen Moment unser Blut stillstehen. Von den Fragen blieb der brackige Geruch unserer Münder übrig, als wir immer tiefer in den Talrücken hinunterstiegen, durch eine Natur des Exzesses, die als die Enzyklopädie aller Natur auf uns eindrang mit ihren verwirrenden Erscheinungen. Ein Freiheitsrausch verlieh unseren Schritten Zielstrebigkeit und Ausdauer, obwohl messerscharfe Gräser unsere Beine zerschnitten und uns Mückenschwärme folgten, gierig auf die blutverkrusteten Schenkel. Immer wieder blieben wir stehen und senkten die Augen ineinander. Die Herzen klopften. Wieder einmal waren wir der Gefahr entronnen, eingesackt zu werden, glaubten wir. Füreinander schön zu sein, ist Liebe, ist ein Gewitter im 17. Stock des Hotels über den Wellen der Nordsee, ist das schwarze, von meinen Zähnen zerkaute Badekleid über deiner blanken Haut, durch die ich auf deine Fleischzellenkirchen, in deine Blutschnellen und Haarwurzeln sehe. Margueritenzerzauserei und zwischen Brüsten zerquetschte Erdbeere. Die Sonne brannte erbarmungslos auf den Asphalt der Kindheitsdorfstraße, der Teer wurde flüssig, ich holte eine Schaufel und trug den kochenden Teer in den Garten, grub eine Grube, teerte sie aus, füllte Wasser, das in deinen Augen schimmert, hinein, setzte ein Rindenboot aus mit 2 weißen Segeln, 2 Möwen treiben seitlich durch die schlanken, sich wiegenden Stämme des Dschungels. Deine Haut wogt als Ährenfeld um mich. Ich trete einen Pfad durch sie in den rot brennenden Klatschmohn. Ich halte dich als Telefonhörer an meinen Mund und schmiege dich ans linke Ohr und halte ein paar Ruten, die aus dem Dschungel stehen, aus deinem Gesicht, über das ich nachts überhänge, bleicher Mond kaut mit vollen Wangen, ein paar Ratten werden von 2 Astronauten vergiftet und zusammen mit einem Affen geopfert, rittlings rammst du mich in der Mitte, wo wir wohnen, wandern, in Richtung Fluss, oder sind schon selber Fluss.

«Hier bin ich.»

«Gut, komm rein.»

«Setz dich.»

Spring von einem Fuß auf den andern, von meiner linken Herzkammer in die rechte, Wimpernschläge schlägst du auf die Spitze meiner Nase, Trommelstecken. Ich singe in dich hinein zwischen den Noten hindurch. *The electric line and the shiny shadow of our body*, der Kaffeesatz der unausweichlichen Schicksalsverlorenheit der revoltierenden Kettenschüttler treibt uns, in den stechend blauen Himmel aufblickend, durchs Gestrüpp der Lianen, deren Schatten die ganze Menschheit darstellen. Milliarden Augen tun sich unter deinen Küssen auf meiner Haut auf, und deine Wimpern fächeln meiner Kehle Luft zu. Jetzt springt ein Reh in den Lichtkegel unserer Augen und bleibt stehen – wir fahren mitten durch das stehend sterbende Tier durch den Tannenwald eines langsam verebbenden Maiabends, aus dem du lächelnd heraustrittst aus dem Kontinent als Strom ins

Meer hinein. Im letzten Sonnenstrahl leuchtet der Steinbruch, aus dem wir uns herausschlagen (die Skulptur der absoluten Liebe). Michelangelo reißt dem Papst die Kutte herunter und den falschen Bart, und plötzlich, hoch oben auf dem Gerüst in der Hitze der Kuppel, malt er sich selber, in die Jungfrau eingehend, mitsamt der Quaste seines höhenberauschten Körpers wird er vom Bild verschluckt, Goya stellt sich selber vor den König in den Vordergrund des Bildes, er umschlingt die Beine der Königin, Jackson Pollock zertrümmert Flaschen auf der Leinwand, wälzt sich durch die Scherben, der Rhein schwimmt durch den Atlantik, und nach einiger Dauer fließt er in den Amazonas, stromaufwärts, Cézanne steht vor einem Spiegel in seinem Ankleidezimmer und sieht, dass er *Der Berg* ist, van Gogh neigt sich über den Brunnen und trinkt, säuft Wasser wie ein verdurstender Hund, tief unten im Wasser schwimmt sein Ohr, er trinkt das Wasser daraus, er will die Sonne, die ihn von innen verglüht, auslöschen, entsetzt schnellt Matisse aus seinem Mittagsschlaf in der sirrenden Hitze hinter den heruntergelassenen Jalousien und sieht, er ist (*Holding a Star and fucking the Sky*) aufgespannt auf einen blauen Himmel – wie eine Membran der GROSSEN TROMMEL, und sein Papagei sagt dreimal laut und deutlich: «Picasso Picasso Picasso». Und wir laufen weiter durch den Dschungel, über umgestürzte Baumstämme hüpfend. (Singend, Singsang der weit aufgerissenen Orchideen, die uns zuleuchten, die Blätterwirrnis aufhellen.) Thanatos Thalassa Madonna (*River of no Return*), im Nebel durch die Stämme der Riesenbäume schwebend quer über die Insel, und unsere Körper reiben sich aneinander, Frottagen der Leidenschaft, *Signatures of Love*, Nebelhornmündung schluckt deine Zunge und kühlt sie in meiner Kehle, und ein Schiff pflügt den Waldboden, tutet, stößt urige Töne über unsere Haut. «Wir lieben dich», rufen wir einander zu, die Wörter bleiben auf den Ästen stehen, auf die ich mich flüchte, während ich im Geäst die Mundharmonika über die Bubenlippen schleifen lasse. Eine Welle wirft sich auf das Boot, das auf die Seeseite ausweicht, und die Sonne springt auf eine weiße Wolke, wir schwingen die Machete, dringen tiefer in die Insel ein, verlieren das Schloss schon seit Tagen aus den Augen und der Erinnerung. Das Meer rauscht im Fluss aus der Tiefe hervor, wir können nicht sagen, wie. Wie unter einer sich auflösenden Wolkendecke vermischen sich die Schatten mit den Lichtspritzern von deinen spiegelnden Brüsten. Die Aussicht ist tief gespalten in einen Berg und eine Schlucht, fast verschollen, in fernen Explosionen zerstiebend. Giacometti gräbt seine langen Fingernägel in den feuchten Mörtel der wankenden Atelierwand, er hält sich am langen Hals seines Selbstporträts fest, um nicht hinunterzufallen in das außerhalb Liegende. Bacon steht auf einem meterhohen Haufen von ausgedrückten Farbtuben und schwankt. Könntest du nicht Wasser sein, in dem sich meine Seele als Gas aufhält? Treibt der Himmel nicht durch deine Augen? Fiele ich ohne dich? Schlüge ich auf? Äße ich das Unterholz, durch das du dich zwängst? «Wir lieben dich», riefen wir uns laut zu, und das Wort schallte tausendfach in die Ferne, von den Felswänden zerschlagen. Ich tätschelte mit einer Hand deinen Bauch, mit der andern die junge, hoch aufgeschossene Blutbuche, auf der ein Vogel schreit. Da fließt dein Blut über mich in den Baum, und alle Uhren schlagen gegeneinander, zerhackt vom Synthesizer der neu aufflackernden Begierden, die aus dem dunkelgrünen Antlitz des Dschungels auf uns niederspringen. Die Farben deines Herzens tropfen in meine scharlachrot gefleckte Bauchmulde, die einer Palette jenes Malers zu gleichen beginnt, der aus uns beiden besteht, der ständig wilder tanzt. Durch eine sachte Berührung einer kleinen Stelle deines Bauches sind wir nach Paris katapultiert, in den Sudan vom Paris deiner Achselhöhle, ins Morgenland der Augen eines Kamels, das durch die Tore der Sainte-Chapelle geführt wird, ins senegalesische Versteck deiner Kniekehlen des Morgengrauens von Paris, ins pariserische Algerien, in deinen Bauchnabel voller kostbarer Chrisamsalbe, nach Addis Abeba längst vergangener Stunden hinter der Place de Clichy im Licht deiner sich entblößenden Zähne, aber ein viel zu nahe vorbeiflatternder Rabe lässt uns zurückschnellen in die Gegenwart eines gegenseitigen Griffes an den Unterarm, innezuhalten im

Marsch an den Fluss, dessen Wasser immer näher rauscht (oder hören wir den Pazifik?). Sollte es sich dabei um das Rauschen unseres Blutes handeln? Pupillen sind eingeklemmt in deinem Armgelenk und blicken stumm aufgerissen. Enden müssen wir, das können wir nicht annehmen, sterben müssen wir, das können wir nicht überleben. Alles wird bodenloser als die von Wörtern verengte Unsterblichkeit, ein Windstoß durch alle Herzkammern von dir und mir, Sonnenbänke, auf denen unsere Schenkel hinschmelzen, zertretene Muscheln als Fundament des zweikörperlichen Hauses, das wir uns in Hotelzimmern bauen, *wrap your leg around my neck*, Sturzflüge von den Balkonen, auf denen wir auf dem Liegestuhl ineinanderkommen (wandernd), und die Liebe ist Vielheit, Reiskörner zwischen den Zähnen, die knacken, und Detonationen, die fatale Mächte auslösen, knackende Türschwellen, über die ich dich trage, zerbrechende Demarkationslinien, deren Staub noch in der Luft hängt über unseren küssenden Köpfen, verbogene Grenzen, die bersten unter der Last unserer ineinander verhenkten Leiber, Wangen an Wangen, Saxophon-Tremolo an Synthesizerschluchzer über Bongos, wirbelnde Zentrifuge der delikat zu lesenden kompletten Sammlung aller ins Unendliche zerdehnten Speziall üste, Inseln zertretenen Waldbodens, auf denen wir in die Lichtungen einfallen, das Klappern der Hände auf den eingedrückten Türen, durch die wir gehen, vergossene Welle um Welle, vom Kreuz gesprungen wie ein junger Hund in die Saiten der *guitar* unseres Tanzes quer durch alle Jahrtausende der Erd- und Himmelsablagerungen unseres ineinander hineingeschichteten Körpers mit seinen Sedimenten, Afrika, Schlangenbiss, Zinnoberschnecken, Bleikugeln, Hautzellen, Zirkustier. Wir glimmen auf im Auge der Fische, quellen aus den Köpfen der Rehe, die am Rand der Lichtung äsen, der Drücker klemmt, die Kugel sirrt um deine Hüfte, das ist das russische Roulette ernsthafter, absoluter Ganzheitssucht der Nervenbahnen, die tief über dem Abhang entgleisen in den Tobel des wilden Baches, als der wir bestimmt sind, in den Strom zu gehen. Ich schlage ein paar Äste von dir. Ich nehme dein Genick in den Griff von Daumen und Zeigefinger.

Sacra macolata
Blume des
äußersten Innern
meiner quergeschossenen
einzigen Anstrengung in
deinem Liebsten
in deiner Maiandacht
aus deinem Kirchenfenster
raushängend
Radiomusik dringt aus dir Liebste
ein Kreislauf durcheinander
anatomische und chemische Signale lockten mich
krankheitsunterdrückender Boden meines
Wachstums
geklontes Mumien-DNS
Morphium Lutschtablette
gegenseitige Beeinflussung komplexer Zellsysteme
höchst aktiver
Substanzen
deines süßen Speichels
(we are the wounded animals of the cities)

quer über die Insel
Lippen und Brustwarzen
wie Lichtschalter
unbekannte
Metzgershände mit eingeschossenen Gummigeschossen
die vergeblich nach dir grapschen
EWIGE UMARMUNG
heilige
ewige Umarmung
flüsterten die Mäuler
im Dunkeln über dem schwarzgrünen runden Hügel
voller Glühwürmer
ADERN
ringsum

*In deinen Armen
durch die
Mauern schauen
ist ein lasziver
Tango Hüfte an
Hüfte
durch jegliches
verbarrikadierende
Hindernis
das die Unterseite unserer
Schenkel
kitzelte
mit dem Mörtel der
Sätze die wir einander
im Dunkeln
sagten*

Diese Wörter entglitten uns, Hand in Hand marschierten wir über die umgestürzten Baumstämme, über den Waldboden, den wir mit unseren herausspritzenden Säften schwängern. Wir lauschten, blieben ineinander lauschend stehen, hörten die *rockets* sausen der Schiitenmiliz aus Westbeirut, die Getroffenen stöhnen, blauschwarze Rauchwolken aus den Flüchtlingslagern Sabra und Schatila verdunkeln die Stirn

*Raketen aus Kabul
dringen in die Gehirnzellen
blutige Zwischenfälle flimmern aus Peru an
unser Liebesbett
im Hotel der in den Himmel hinauf
verworfenen Hände die wir
einander reichen
Guerillas beschießen unseren Waldpfad
quer über die Insel
Der Käpt'n der Teer-
Pfütze tritt auf das weiße*

Segelschiff
der Film verwirrt sich
in ein Gesudel der Wörter
das ich dir vom Hemd
wische
die Brüste hüpfen
darunter

In der vordersten Kirchenbank saßen die Jüngsten, ich rieb das Geschlecht am Holz und imaginierte dich in die Jungfrau Maria hinein, als ich die Augen zukniff, den Kopf drehte und den Baum fixierte, an den St. Sebastian gefesselt ist, ich kniete und dachte an die weichen Wunder deines Körpers, der mir versprochen war in fernster Zukunft, und die Friedhofsmauer barst, die Steine rumpelten den Hügel hinunter und schlugen in die Rückwand des Schulhauses, wo ich zur Strafe für Trauerränder unter den Fingernägeln auf einem dreikantigen Holzscheit knien musste, die Totengerippe streckten ihre fauligen Füße über das Dorf, und es begann zu riechen, ich lag im ungemähten Gras und träumte vom Schaum an deinen Oberschenkeln, der von der ins Meer zurücksinkenden Welle auf dir hinterlassen wird. Die Kante des Holzscheites und die Holzkante der Kirchenbank schnitten immer tiefer in meine Knie und der Baum, an dem Sebastian hängt, wird dein sich wollüstig streckender Morgenkörper (im Dschungel auf dem Weg in den Strom).

Schön guten Tag
zitternder
Hall der zum
Platzen gespannten
Tautropfen meines Morgens
(universale Sprache
der getanzten Ballade der Schenkel
mit federndem
Hüftarsch –

mein Kelch der Liebe)
dieser Blume aufheulender
Singsang der geschluckten
Liebkosungen
brandet durch das
Seemannslied deines
wiegenden Schrittes
poröses NoNo
Heiliges NoNo shining in the light
das uns den Weg immer
weiter weg vom Schloss
der verlorenen Bilder führt

die über die zerblasenen Treppenstufen rutschen, die aus deinem Blut wegbröckeln in den Boden hinunter und in die Luft hinauf. Die Erinnerung an die Zukunft fällt über die Erinnerung an die Vergangenheit her und ist in dir Gegenwart im Geruch des *lipsticks*, lilafarbene Astern neigen uns ihr Gesicht zu und entblättern sich auf deine signalroten Fingernägel, die mich spitz berühren, wo ich nicht mehr ich bin (sondern wir) – und in Südafrika (Kimberley) verbrennt eine Gruppe von Schwarzen einen der Zusammenarbeit mit den Weißen beschuldigten Schwarzen, negerhaft sonnenzermalmt nähere ich mich dir im Sumpf des Urwalds, gleichzeitig drücken sich Buchstaben der Zeitungen auf deinen Rücken ab (als ich auf dir liege), *impressions of hate and stupidity* (Urteile gegen Linksextremisten in der Türkei, keine Alternative zum Floating), wackelnder Fernseher der Lebensränder, über die wir hinunterklettern, eines an den Gliedern des andern hängend. Gleichzeitig sehen wir die Wüste honiggelb und das Meer tintenblau in uns aufbrechen, übereinander hinschlagen in der geschützten Nische eines letzten, nur halb zu Ende gedachten Gedankens, als dir die Schuhe von den Füßen zu Boden fallen, rings ums Bett hin ein Geräusch der polternden Erdschollen auf dem Sargdeckel (*time is trembling as dust on your skin*), es war mein sonniger Glaube, in die Farbflecken deiner Pupillen prismatisiert, der

Wahnsinn der Liebe, jedem philosophischen Todesfurz, der uns das Leben verpestet, eingeschrieben, sodass wir den Atem auseinander herauspumpen müssen bei schlagenden Wettern und schleichendem Tod gegen die einem Sarg nachgebauten Kulturmanierismen, seit wir in uns ineinanderliegen und nach dem letzten Tropfen Milch deiner böckigen Brüste lechzen, Brillantendiadem in meine Mitternachtswehmut geflochten, Dostojewskis fliegende Zeilen über der galoppierenden Leere der weißen Buchseiten, die wir sind, aufeinandergeklebt und von der großen Schere unserer Wanderung zerschnitten in die aufklappbare Theaterbühne unserer Häute, auf die der Trommler seine Knochen schlägt, während er die Geige mit der Sense streicht, Bruder Melodiker der Liebesschreie, die wir über die 70 Meter über Meer liegende Balkonbrüstung in das ovale Prisma des vergifteten Meeres senden, das den Rauch der chemischen Werke schluckt (um mit den Fischen zu sprechen)

(im Falsett des Todes, das aus den Orgasmen extrapoliert wird)

> *je weiter wir vom Schloss weg sind*
> *desto lauter rufen uns die Bilder des*
> *Malers (den wir darstellen durch Vereinigung)*
> *ins Schloss zurück und*
> *die Wörter werden harte spitze*
> *Gegenstände in den Krallen*
> *unseres Griffes*
> *in die weichsten Teile*
> *unseres Fleisches*
> *in die kaum mehr wahrnehmbaren*
> *Flüssigteilchen*
> *Gasprenkel*
> *unserer die ganze Welt umfassenden*
> *Sehnsucht der Umarmung*
> *(Motorensymphonien*
> *lächerige Synkopen*
> *alles ineinander verzahnt*

Fluss über den
Ufern / endlose Rollschuhfahrt
auf den
Ellipsen deiner Knochenhäute)
Hölderlin beginnt mit seinem
giant marker den Gefängnis-
turm mit obszönen
Graffitis zu bemalen
ich blickte auf dich
als eine Skulptur
der rasenden Vermählung mit dem
All
(wo ein Schauspieler den Krieg der Sterne plant)
(sah dich die Arme unter den Brüsten –
verschränktes Rhomboid –
im Brustgarten
den Slip strack emporgezogen
die Beine im offenen
Schritt
der einhält in
einem mir zugeworfenen
Kussmaul)
(sah dich durch das Seifenwasser
der Badewanne
Schwanz unterm Wasserstrahl
im Spiegelbild meines
dunklen Körpers sitzen)

lachend rutschten wir die mit Blumen übersäten Dschungelabhänge hinunter. Da ist der Zusammenfluss! Dort wartet schon das Boot! Kaum stehen wir auf den Planken des Bootes, dreht sich der Erdball unter unseren Füßen weg in einer immer schneller drehenden Tanzbewegung, sodass das einzige feste Bild die prismatische Frühlingspupille deines Auges bleibt, die Wellen nehmen das Schiff, und bereits drehen wir mitten auf dem stampfenden Fluss, über den Schwärme von aufgleißenden

Fischen Salti mortali schlagen, in rasendem Schub sausen wir flussabwärts in die tiefe Schlucht hinunter, über der hoch oben ein Adler seine Kreise zieht, während unsere Ohren vom Schäumen der Gischt widerbrüllen und sich eine bodenlose Melodie rhythmisch durch unsere Lungen gräbt und wir einander in die Arme fallen auf die harte, abgewetzte Ruderbank, auf der wir einander nach den Gliedern greifen (als hätten wir sie in der überstürzten Abfahrt verloren), und unsere Blickbahnen schießen parallel empor über die dicht überwachsenen Felswände, die sich aufbauschen und aufbäumen, *Mamma Grottino* überhängende Brustgewölbe, zerschossenes Zelt aus der Haut der ganzen Menschheit geflochten, von Flaggenmasten fremder Mächte zerstochen, unser Boot dreht sich Hüfte an Hüfte mit den Zähne bleckenden Wellen, unser Blut ist aufgerüttelt durch die Schlucht geschossen, die aus Leibern gestapelt ist zur wandhohen, canyontief eingefressenen Menschenpyramide, in den Fluss hinunterstürzend, der grollt und dunkelbraun sich auftut, ins schwarze Grün absinkend, in die Wolkenfetzen hinauf sich bauschend, Gesichter der infamsten Infamie ohne Zähne, Patronen zwischen den blutverkrusteten Lippen, einen überzogenen, zerdehnten Krieg führend, unser kreiselndes Boot dreht sich, reitet auf dem Bug, unsere Hände verflechten sich zu einem unentwirrbaren Rätsel, in dem eine wortlose Gewissheit aufdämmert im Wildwasser durch die Schlucht der sich stetig vergrößernden Menschheit. Anemonen verzauberter Kindergesichter, die den Honig von den Bienenfüßen lecken, säumen das zerfranselnde Ufer des Flusses, der sich in einer harten Drehung tiefer in die Erde hineinfrisst, die unser Staub ist, der Staub unserer Vorfahren, der Stein der Weisheit, die Erde, die von einer weltumspannenden, kulturellen Leichenfledderindustrie mittels ihres Kulturgeistes angefressen wurde. Umklammerte mit allen Fingern deine Reling, Hüftenboot schluckte das Wasser, das aus der Tiefe des Flusses auf deine Füße emporspritzte, als unsere Augen die turmhohen, himmelweiten Menschenschluchten emporwanderten in die Gesichter, die verliebt lächelten und hohl grinsten, laute Flüche ausstießen und orgastische Liebesseufzer in die Länge und Höhe zogen, Arme, die in allen Winkeln von der Schluchtwand abstanden (riefen, fuchtelten, gestikulierten in obszönen Andeutungen), hingesunkene Kinderheere in Minenfeldern armierten mit ihren Prothesen die Klippen, sie begleiten unsere unablässig tanzende Fahrt den Fluss hinunter, und aus der hohen Höhe der Schlucht, wie bei einer Parade in New York, schnitzeln sie ihre *passports* in Konfetti, träufeln auf unsere sich drehenden Köpfe Kanzleien und geheime Archive verschworener Gesellschaften. Unser Boot sucht sich mit den wilden Wassern ohne unser Zutun den Weg durch die Stromschnellen und Strudel, das Ufer gesäumt von Kathedralen aufgespießter schwangerer Frauen, die gebären, die Kinder in den Fluss werfen, die Schlucht mit emporflutendem Geschrei füllen, die Felswände hallen wider von den Schüssen, die Knaben, auf den Felsen sitzend, auf die Vögel abgeben, welche getroffen in den Fluten des Stromes versinken, giftig grüne Reptile wälzen und schlängeln sich durch lehmüberkrustete Gefangene, die am Ufer des Flusses angepflockt stehen, in die Felsschlucht hinaufgepeitscht von Augen, die weinen, ausregnend in unseren Körper, von dessen Boden wir das Wasser trinken, um nicht zu verdursten an den gierigen Küssen, mit denen wir Halt suchen im schlipfrigen, schaukelnden, hopsenden Boot, dessen Gerippe unser Gerippe ist, ineinander verstrebt und mit unsern Häuten bespannt, unsinkbar im Schatten der Millionen, die einander auf den Schultern und Köpfen stehen, Schwächere zertretend, Erschöpfte fallen gelassen in den Fluss – plötzlich fällt unser Schiff eintausend Meter gerade hinunter in ein Flussbecken von der Form deines Herzens mit Aorta, wir sehen im Fall ein Nichts, die Augen vernebeln im Dunst der hoch aufsteigenden Gischt

sound of nowhere
sound of nowhere
sound of lost

die Kehlen verfärben sich und Flammen stoßen daraus hervor, der Himmel wird schwarz über der Schlucht, alle Flugzeuge aller Luftwaffen aller Länder fallen Stück um Stück schnurgerade aus dem Himmel in einen zischenden Strudel des Flusses hinein (Gesichter mit mächtig geschwollenen Händen als Ohren zum Griff an den Sarghenkel bereit, mit Wangen von Narbenottern durchkreuzt, alle elektrischen Geräte der Welt fallen mit einem Mal alle zusammen auf eine lange Welle im Fluss, unser Boot weicht aus über die Ränder hinaus in einen toten Seitenarm, aus dem uns der Geifer einer Zusammenrottung von ausgestoßenen Parias wieder hinausspült, das Leid glotzt uns stumm an, und wieder rette ich mich in die Prismen der vier Jahreszeiten deiner Pupillen und in den Geruch deines Fleisches. Treppenartig gräbt sich der Fluss durch den Canyon, der das offengerissene Antlitz zerstörter Menschen zeigt, das Boot schießt von Felswand zu Felswand, schon splittert der Bug! Schon martern uns neue Visionen des sicheren Endes, die wir in uns aufnehmen, aber so viele Füße so vieler Menschen mit so vielen Schuhen, die ihr Gesicht imitieren, den Wellenritt flankieren, abscheuliche Schicksale starren uns an von den nackten Kniescheiben, martialische Grimassen glotzen aus fetten, aufgeschwollenen Bäuchen, klobige Patschhände schlagen vom Ufer in den Fluss in sinnloser, sich wie ein Messband abhaspelnder Bewegung (wir wussten in diesem Moment, dass unser Schloss aus Fleisch und Blut ist).

Unser Boot ritt die Flusswindungen hinunter und widerspiegelte den Himmel und die Gesichter. Fremde lächelten uns vom Ufer her zu. Gab es einen Halt?

Es gab keinen Halt!
Aber so viele Haare so vieler in die Schlucht
hinuntergeflochten
aber so viele Geschlechtsteile an die Wände
des abschüssigen Canyons genagelt
Zungen zerstochen von Zahnstochern hingen herunter
Empfanden wir Furcht?

*Es hat einen dunklen
Schlund gebraucht auf dem
sich das Licht deiner
Zähne abhob*

und so viele Wangen, glatt überwölbt, tief zerfurcht, von Messern zerschnitten, von Geschwür befallen, von Schamröte überzogen, von Stoppeln bedeckt, bleich geschminkt

*faltige Schluchten
durch die Tränen den
Weg suchen
und der wilde laute Jodelschrei
des angehaltenen Momentes
in dem*

wir uns unbedacht überraschend neu zusammensetzten, bis wir uns zusammensetzten mit den Bergen der Körper der ganzen Menschheit, ein digitales Blitzen (*on the screen of the world population*), rudernd steuerten wir unser Boot für einen Moment in ruhigeres Wasser und sahen alle gleichzeitigen Umarmungen der Erde mit einer gemordeten Taube, einem verkauften Hund, und da vollführte das Boot einen wirbelnden Tanz und wir sahen die äsende, essende Menschheit an den letzten Knochen der letzten Tiere nagen und die letzten noch nicht gestorbenen Kräuter der Wiesen und Wälder kauen. Wir sahen die Kiefer aufeinanderklappen und die Zungen schnalzen, und die Knoblauchrülpser hörten wir aus den Krägen der vielen aufsteigen, und das leere Rumpeln des Hungers hörten wir derjenigen, die mit dünnen Fingern in den Sand griffen, und sahen Fratzen abgehangener Speckseiten lallend Zähne durch Zuckerstücke ersetzen. Die mageren, verworfenen Katzen von Hongkongs Flüchtlingslagern und die fetten Köter von Paris streunten über die von Ratten wimmelnden Reisfelder der schimmligen, ausgehenden Nahrung, unser Schiff schlitterte durch die innersten Zusammenflüsse, dass wir einander an den Vorhäuten und

Lippen machtvoll ergriffen, und Segel tief in deine Tag-und-Nacht-Projektion deiner Pupillen gespannt, eine verfaulende Komposition ausgesuchtester Blumen auf einer Sandbank verrottet vor dem Bug unseres Schiffes, dieses Kapitel unseres in die Liebe verworfenen Lebens findet kein Ende ... Wieder ergriff uns die Musik aus den Millionen Kanälen einer Menschheit, die vergessen wollte, in den Tonfluten ihres Liebesgestampfs, und unser Boot drehte, eine heiße Mazurka eines vergessenen Volksstammes, dessen Jubel über den Fluss zu uns hinüberdrang von den gotischen Fensterbildern abprallende Kirchenmusik eines innig ineinandergesteppten Volksauflaufes auf den fremden Dorfplätzen und in bekannten Stadtzentren, die spektral in die Schlucht der Flusslandschaft einprojiziert waren (die Versuchung des Malers wurde vom Leben geritten und entzog uns der Außenwelt, die eine Schlucht bildete, in der wir einander ständig neu gebaren). (Was war schon ein Maler, der der Gesellschaft den Überspiegel der Relationen aller Wirklichkeiten in Scherben verkauft und von der Öffentlichkeit mit dem flauen Speichel der Übereinkunft begossen wird, gegen die einzige Dauer, in der das Liebespaar sein Schiff dem Fluss widmet?)

Da saugte sich das Schiff tiefer in die Wellen, unerklärlich tanzten die Wolken graue Schriftzeichen in die Sonne, die sich verfärbte ...

Das Innere der Insel

Der Damm des Fieberflusses ist gebrochen, unser Auge ist aufgestoßen, es verteilt sich unter unseren Häuten. Das Schloss packt uns erneut.

Im Korridor, der ins *Museum of Desire* führt, trat Gary hinter einem Vorhang hervor, heimlichtuend, als hätte er auf uns gewartet. Seine Augen flackerten, schweißgebadet riss er uns in die dunkle Fensternische. Hastig strudelten Wörter aus seinem nach Luft schnappenden Mund: «Endlich finde ich euch! Jetzt fliegt der Betrug auf. Ich habe die Videokontrollstation gefunden. Ihr werdet es nicht glauben. Ich habe den Schlüssel – hier, dieser Schlüssel hing nicht an eurem Schlüsselbund. Ich habe den Verwalter erschossen. Notwehr. Kommt. Wir müssen gehen.» Er zog uns mit, in einen Seitenlift zu steigen, wir seien in Eile, bevor alles auffliege. «Betrug, Betrug», stieß er hervor. Er rang noch immer nach Luft.

Der Lift sauste nach unten. Gary stand schweißnass, aufgedunsen, in seinem viel zu engen, schwarzen Anzug an die gläserne Lifttüre gelehnt. Der Lift stoppte. Gary zog seinen Schlüssel. Wir betraten eine geheime Welt, die man uns verborgen gehalten hatte. Ein Licht blendete uns, unsere Herzen klopften. Was wir sahen, war verblüffend.

Zuerst stießen wir auf Entwürfe für Presseerzeugnisse und Bücher in verschiedenen Sprachen, in denen ein künstliches Image des Malers für den amerikanischen Markt erfunden wurde, wohl um den Absatz gefälschter Grafiken in Massenauflagen zu beschleunigen und um sich auf den Touristenstrom vorzubereiten, der nach dem Tod des Malers auf die Insel gelenkt werden soll, um das zeitgemäße Kunsttourismusprogramm mit einem neuen Höhepunkt zu krönen. Aber am erstaunlichsten war das Image, das dem Maler in diesen schindluderischen Veröffentlichungen gegeben wurde. Er sei als

Sohn eines Geißhirten auf einer hohen Alp geboren, im Rauschen eines Wasserfalles groß geworden – eine Art männliches Heidi der Kunstgeschichte. Der Maler lachte bitter, ungläubig. Diese Publikationen waren mit ein paar vergilbten, angeblich authentischen Fotos illustriert, die einen Schatten von einem Almöhi zeigten mit einem Baby in den Armen. Wir gingen weiter in den sich schlauchartig windenden Videotunnel. Um nicht den Verstand zu verlieren bei der Beschreibung dessen, was wir jetzt sahen, will ich mich kurzfassen: Auf unschätzbar vielen Bildschirmen sahen wir jede einzelne Bildsequenz unseres Insellebens bis in die innerste Intimsphäre abgelichtet, aufgenommen von Tausenden von Kameras. Jeder Kuss, jeder Schritt, jedes Wort registriert, rückwärts und vorwärts in allen Verdrehungen vorführbar. Und wir hatten die Kameras nie bemerkt.

«Sie sind unsichtbar für das menschliche Auge. Sie sind das Geheimnis der Verschwörung, deren Strohpuppe Ghislaine ist», flüsterte Gary.

Ängstlich ließen wir uns simultan die verschiedensten Augenblicke vorführen, die wir gelebt hatten, und die jetzt, in der unbarmherzigen Kontrollmaschinerie von G. eingefangen, reproduzierbar, veröffentlichbar wurden. Meine Ikone war abgelichtet im Entstehen – Gesicht über Gesicht. Der delirische Tanz des Malers war eingefangen in jeder 1000stel-Sekundensequenz. Er trat mit dem Fuß entsetzt gegen die Schaltanlage. Gary setzte sich wimmernd auf den Boden, auf dem die Screens sich flimmernd spiegelten.

«Sie ließ euch splitternackt tanzen. Sie wollte euch tanzen lassen, bis ihr tot umfällt.» Gary verwarf verzweifelt die Hände, seine Stimme war matt.

«Weg von hier», war alles, was der Maler sagen konnte.

Als wir wieder nach oben kamen und uns Ghislaine wiederfand, sagte sie: «Ich weiß, dass Sie nicht von der ‹Sünde der Ethik› noch von der ‹Jauche des Geistes› getrieben sind. Es bleibt mir ein letzter, ungewisser Pfad in Ihre Herzen, indem ich Ihnen die unterirdische Seite der Insel vor Augen führe. Ich bitte Sie inständig, mir ohne Argwohn zu folgen, damit auch ich die Chance zu einer bildhaften Antwort habe.»

Sie winkte einen Diener herbei, der uns hieß zu folgen. Wir betraten einen andern Lift, der uns in eine unterirdische Halle führte, die üppig mit Teppichen belegt war. 3 Hostessen nahmen uns in Empfang und führten uns in einen sogenannten Entsorgungstrakt, der mit allerlei luxuriösem Schnickschnack davon ablenken sollte, dass wir hier keimfrei gemacht, mit Mund- und Nasenschutz ausgerüstet wurden und hinter ihrem Rücken endgültig die unterirdische Welt der Insel betraten, den inneren, 96 Stockwerk tiefen, sternförmigen Schacht, in dem ringsum Aufzüge aus Glas die Fassaden hinunter ins Erdinnere glitten und daraus emporfuhren.

«Wir befinden uns jetzt 30 Stockwerke unter dem Meer, durch Druckkammern haben wir den geheimen Teil unserer Anlage betreten; wer hier arbeitet, wird durch U-Boote ein- und ausgeschleust. Normalerweise wird er nie erfahren, dass er unter unserer Insel Port of St. Vincent stationiert ist. Sein Dienst findet unter der Erdoberfläche nachgeahmten Verhältnissen statt. Unsere Labors sind voll computerisiert, und insgesamt arbeiten 1200 Leute hier in Räumen, die für 250 Tausend geschaffen sind.»

Sie führte uns auf eine Art Aussichtsrampe, auf der man in die Tiefe hinunter eine schaudernde Ahnung gewinnen konnte, wie groß die Laborstadt war, in der neben U-Boot-Häfen auch massive, modernste Verteidigungsvorrichtungen eingebaut waren. Sie ging mit uns durch verschiedene Stockwerke der sich ins Erdinnere schraubenden Stadt, wir sahen Millionen Computer, wir sahen Hühner, die unablässig flogen wie Kolibris, wir sahen Esel mit Menschenhäuptern, wir sahen 6-teilig aneinandergewachsene Zwerge, wir sahen Schafsherzen in Maschinen eingebaut, Haarplantagen, Plasmafabriken, in Hunderte von Teilen zertrennte, durch Kabelgewirre verbundene Menschenstücke, die in weitläufigen Laborplantagen atmeten, wir sahen unterirdische Flugzeugwerke, Raketenhangars, wir sahen Zuchtanstalten monströser Insekten, wir sahen Scheußlichkeiten ohne Ende; dazu gab Ghislaine lakonische Erläuterungen, die zur kalten Künstlichkeit der Anlagen passten; wir liefen stundenlang unter der Erde, begegneten wenigen, geschäftig herumhuschenden Gestalten in weißen Kitteln hinter weißen Masken.

«Die ganze unterirdische Stadt zu sehen, würde Tage in Anspruch nehmen.»

Sie kam nicht weiter, als uns ein paar Panoptikumstüren zu öffnen. Aber der Schock saß tief, weil sich unsere Angst bewahrheitet hatte: Das Schloss – und damit die Kunst des Malers – war nichts als ein geschickt ausgedachtes Feigenblatt für etwas, das bedrohlich darunter lag. Die Keime der Krankheit lagen darunter, damit ließen sich die zukünftigen Kriege gewinnen. Wir baten sie, uns wieder ins Schloss hinaufzubringen. Der Science-Fiction-Roman, in dem wir unerwartet agieren mussten, war uns zuwider. So viel sie auch zeigen würde von allem, etwas bliebe uns sowieso verborgen. Enttäuscht, dass wir nicht mehr wissen wollten, führte sie uns nach oben, wo wir durch langwierige Untersuchungen geführt wurden, bevor wir die nur gewöhnliche Unterwelt der Insel betraten, die auf 30 kreisförmigen Etagen laut Ghislaine die Schatzkammer der Insel war. Kunst – entwendet aus allen Tempeln aller Kulturen. URAN, GOLD, ÖL, EDELSTEINE, NOTVORRÄTE lagerten hier; es gab unterirdische Apotheken und Spitäler, geheime Sendestationen und Sklaven, wohin wir auch blickten. Sie hatte uns mit ihrem gewaltigen Geheimnis ködern wollen zu bleiben. Als wir oben im Schloss aus dem Lift traten, begegneten wir zwei Pflegern, die Gary auf einer fahrbaren Bahre vorbeischoben. Unsere Knie wurden weich. Wir beugten uns über ihn. Er war tot.

«Gary ist tot», rief der Maler ungläubig, voller Angst.

«Er hat sich den goldenen Schuss gesetzt, weil er wusste, dass Sie aufgeben», sagte sie kühl zu uns.

Über allem lag plötzlich eine unüberwindbare Trauer, eine schwere Sinnlosigkeit griff um sich. Ghislaine sprach mechanisch drauflos.

«Armer Gary», sagte ich.

«Ich werde mich also nach einem andern Künstler umsehen müssen», sagte sie boshaft. «Jemand muss doch das Werk vollenden!»

«Für Sie ist alles austauschbar», sagte ich mild.

«Vielleicht entspricht ein unvollendetes Werk mehr unserer Lage», antwortete sie. «Der Maler ist versucht, sein Bild im Stich zu lassen. Aber es wird ihn zurückrufen.»

Dann drehte sie sich von uns ab und wollte gehen.

«Ghislaine, warten Sie», rief der Maler verwirrt. Sie blieb brüsk stehen.

«Ich habe Ihre persönliche Suite weiß ausgemalt, gehen Sie jetzt hinein, verschwimmen Sie mit meinem Bild, verlieren Sie sich darin!»

«Weiß oder schwarz, Ihr Bild zersetzt meine Realität.»

«Was bedeutet schon Ihr Gewinsel nach Realität; für uns gibt es nur Fließen.»

Sie folgte uns in ihre Suite, wo der Maler sich eingebildet hatte, das Killerbild gefunden zu haben. Das Bild war von einer niederschmetternd und erhebend zart ausgeführten Weichheit und leuchtender Zartheit, ein nüchterner Rausch der innigsten Empfindungen, die der Maler gerettet hatte aus elendiglich blindem Abwärtstasten durch die schneckenartigen Jahre seiner Entwicklung, gerettet aus der Verlorenheit seines Selbstmordes in Raten, im Auftrag von Ghislaine.

Die Farben des Bildes schossen ihr in den Kopf, als sie den Raum betrat. Sie taumelte. Sie wankte, als müsste sie zerschellen an der schwellenden, weißen Himmelsleiter von rosaweißen, bläulichweißen Nuancen in eine unerhörte Höhe des schneidenden Lichts hinauf. Weiße Blitze schossen aus der sich in einen äußeren Raum wölbenden Decke von weißen Leibern, deren Köpfe nach unten hingen. Sie schnappte nach Luft. Sie taumelte auf ihr zukünftiges Bett, dessen Linnen ein tief nach unten ins Ungenannte, durchsichtiger Tränensee ist. Dort lag sie und lachte uns aus. Sie schüttelte sich vor Lachen.

«Was ich gekauft habe, kann mich nicht bedrohen», sagte sie.

Anfang um Anfang

Als der Jet abhob und wir uns in die Polster zurücklehnten, explodierte, wie wir aufs Meer hinausflogen, das Schloss. Eine gewaltige Druckwelle brachte unser Flugzeug in Schwierigkeiten. Der Jet hopste auf und ab, scherte seitwärts aus, tief unten brach Explosion um Explosion aus der Insel. «Nothing ever happens», singen die Talking Heads. Das Schloss bleibt deshalb hinter unseren Rücken stehen, als wir auf den Flugplatz hinunterspazierten, um wegzufliegen. Letzter Kuss auf der Gangway. Ghislaine steht unten an den Stufen und richtet eine dämliche Kinderpistole gegen uns. Es knallt. Nichts passiert. Sie wird immer kleiner, und am Cockpit vorbei betreten wir unser Abteil. Ein Kreuzigungsbild von Bacon aus Ghislaines Sammlung schmückt die Flugkabine. Später landen wir, begegnen (vor den Toiletten im Untergeschoß von Schiphol) den abgrundtiefen Augen von Francis Bacon, wie er, den Atem anhaltend, in der Ecke an der Treppe steht, sein Blick an etwas Unsichtbares gefesselt. Einfacher stelle ich mir den Abschied von der Insel so vor: in die gegengewichtige Spirale des Tanzes hinauszuhangen mit dir durch die Weltkugel hindurch zu drehen (IN DIE SONNE).

Oder wir haben die Insel niemals verlassen, zogen uns zurück in den Dschungel, stahlen Waffen im Schloss, haben uns mit dem Steuermann der *Barracuda* zusammengetan, der meutert, sind an einer Sumpfschlinge, haben uns hinter Bananenblättern verbarrikadiert, nachts schleichen wir uns in die Nähe des Schlosses, werden beobachtet. Der Steuermann schießt unnötig in die Palmen hinein. Hinter jedem Blatt sieht er Ghislaine. Wir machen uns allein auf den Weg an die Südspitze der Insel, wo wir von einem Schiff des Freundes des Steuermanns aufgenommen werden sollen, der uns nach Brasilien bringen kann.

«Such a shame, dass Sie weggehen», musste auf Geheiß von Ghislaine jeder Bewohner der Insel jammernd zu uns sagen und weinend wegrennen. Eine Abschiedsinszenierung unserer «Gastgeberin». Wir wurden anschließend von einer Schaluppe an Bord eines zufällig in der Nähe kreuzenden Luxusliners (Öltankers?) gebracht, oder ein Helikopter hat uns rasch in die Luft emporgerissen, wir in die Sitze nach unten gepresst, in die Musik des Fluges getaucht.

(Wir haben uns «Scheusal» rufend aus unserer Beherrschtheit über die Dünen laufend davongemacht und sind ins Meer hineingerannt.)

Ghislaine will uns in der *waiting lounge* des Flughafens noch in ein Gespräch über Liebe verwickeln. LOVE. Sie spricht das Wort aus, als wäre es eine Reklame für Seife. Noch einmal will sie uns ihre Abgeklärtheit in den philosophischen Fragen des Lebens erklären. Wir schauen einander durch sie hindurch an.

«Wie können die Hände ein Kunstwerk erschaffen, wenn sie nicht lieben können, geschmeidige Katzen auf deiner Haut.»

Ich fragte mich, ob sich hier der Maler deutlich genug ausdrückt, um das systemgewohnte Gehirn von G. zu erreichen. Ich weiß auch nicht mehr, ob dieses Abschiedsgespräch nicht eventuell ein Traum hätte gewesen sein können, den ich kürzlich geträumt habe. Jedenfalls hat uns Ghislaine jene Geschenke nachgeworfen, das Auge Goyas zerschellte hinter unserm fliehenden Rücken, der Kompass scherbelte über den Boden, die Kristallkugel schlug dreimal auf, ehe sie barst, sie warf den Dolch, die Pistole, die Schlüssel – ein Diener stand bereit, aufzuwischen. Ghislaine sagte zum Maler:

«Taumeliger, du hast den Pinsel weggeschmissen und einen Roman der Liebe gelebt. Deswegen bist du zu dumm, meinen riesigen, umfassenden Einfluss auszunützen, um einen weltweiten, neuen Wanderpanoramabilderzirkus aufzuziehen.»

Später träumte ich ein weiteres Mal, musste lachen im Schlaf:

«Der Maler stand nackt auf dem Balkonrand und saß nach hinten gelehnt auf dem stetig steifen Sturm und winkte mir, ich solle mich in seine Beine flechten. So, mit einem Tuch über uns geschlagen liefen wir als eine Verzopfung die Gangway hinauf, am Cockpit vorbei usw., als noch die unflätigsten Beschimpfungen von Ghislaine hinterherschallten.»

Wir standen mit unserem kleinen Samsonite in der sengenden Hitze des Rollfeldes und warteten, bis wir endlich einsteigen konnten, es hieß, das Flugzeug habe technische Probleme. G. war nirgendwo zu sehen. Sicher schmollte sie 120 Stockwerke unter dem Boden und versuchte sich auszumalen, weshalb ihr Plan missglückt war. Dann springen die Motoren des Flugzeuges endlich an, wir steigen ein, wieder passiert nichts, wir sollen wieder aussteigen. Eine Ersatzmaschine wird geholt werden. Zufällig ist die Klimaanlage der *waiting lounge* ausgefallen, um uns in die schützende Kühle des Schlosses zurückzutreiben, oder der Computer dreht durch und der Pilot kriegt keine Funkverbindung und ein Gewitter kreist die Insel ein. G. lacht sich ins Fäustchen.

Kaum überschreiten wir die Schwelle des Schlosses, löst sich auf seinen Wänden die Farbe auf, wird flüssig, tropft von den Wänden, fließt in den Korridoren zusammen und uns hinterher, das Schwarz in allen Stufen von Lichthunger fällt von den Wänden und macht uns Fliehenden hinterher eine Faust.

Weitere Abschiede liegen im Bereich des Möglichen: Ghislaines Schutzdienste – nein, unsere Leibwächter – beschießen uns, als wir geduckt aus dem Flughafengebäude im Zickzack hinausrennen zur abflugbereiten Maschine, die von einem mit uns verschworenen Piloten gesteuert wird. Die Kugeln prallen von der elastischen Haut ab und hüpfen den Hügelabhang hinauf, wo sie ins Eingangstor des Schlosses einschlagen, in dem sich G. an einem Faden erhängt hat, leise im tropischen, sanften Wind hin- und herbaumelt. Wir knüpfen sie liebevoll ab.

Und G. besteht noch auf einem letzten gemeinsamen Nachtessen am großen Marmortisch, dessen Platte mit den Umrissen eines Wals geschmückt ist. Sie weint, während die Hors d'œuvres gereicht werden, weint in ihr Glas, in den

Sancerre hinein. Das Glas läuft über auf den Tisch, vom Tisch fließt der Tränensee in ihren Schoß. Schluchzend fragt sie uns, wo wir denn hingehen wollen, sie wolle wenigstens für unsere Zukunft sorgen, der Maler solle doch seine Einkünfte gewinnbringend anlegen, damit sie sich nicht um uns sorgen müsse, jetzt, wo es auf der Erde immer enger werde. Ob wir es uns nicht noch überlegen wollten, dass nach ein paar Wochen Ferien es sicher das Beste sei zurückzukehren, sie glaube nicht an einen endgültigen Abschied, das sei unmöglich, widerspreche aller Logik, zeuge nicht von gesundem Verstand.

«Hätte ich mich doch nur mit einem konstruktiv handelnden Künstler eingelassen, nicht mit einem schwarzen Outsiderhund», fluchte sie plötzlich laut dazwischen, beschimpfte sich selber, die falsche Wahl getroffen, einen Wahnsinnigen, einen angefaulten Kranken gewählt zu haben. «Ein zersetzendes Syndrom habe ich mir eingehandelt», weinte sie laut und bitterlich. Wir trocknen ihre Tränen.

Der Maler zieht mich noch ein letztes Mal in den großen Festsaal des Schlosses, wo er sein Werk begonnen hat vor langer Zeit, und dreht mit mir einen langsamen, letzten Tanz.

«Lass uns in diesem Tanz vergehen und aufhören zu atmen», flüstert er mir heiß ins Ohr, «wir können das Bild nicht verlassen, wir müssen in ihm bleiben. Du bist das Bild, an dir halte ich mich fest, während wir in einer endlosen Schraube in die Erde hinunterdrehen, wo es uns bestimmt ist, in einem letzten Aufblühen des Fleisches zu verfaulen.»

G. steht mit offenem Negligé in der Türe. Ihr Leib ist transparent. Man sieht deutlich das Kabelgewirr unter ihrer artifiziellen Haut. Laut heulend wirft sie uns die Pinsel nach. Wir halten ihr meine Ikone entgegen, da fällt sie auseinander in Blechgerümpel und Asche.

Oder wir haben uns geküsst und dabei alles vergessen, alles ist wie weggefallen, und wir sind einander selber eine Insel und ein Flugkörper, und Ghislaines Mund formt weiterhin Schrei um Schrei, aber wir hören keine Stimmen mehr und bleiben stehen im Kuss, und alles, alles endet ringsum – wie das Bild eines Fernsehers, der ausgeschaltet wird, fällt die Wirklichkeit weg und glüht noch ein letztes Mal in einem winzigen Brennpunkt deiner Zunge auf. Die Geräusche rücken in eine endlose Ferne, ein Lachen, ein Rauschen, ein Rausch, und wir sind weg.

Anmerkungen

Seite 6   Der heilige Mensch ... Herz verwirre]
Lao-Tse: *Tao Tê King*, aus dem Chinesischen übersetzt von Victor von Strauß. Herausgegeben von W.Y. Tonn. Tao Tê King – Zweiter Teil, Kapitel 49 (Vertrauen auf Tugend), S. 122. Zürich: Manesse Verlag, 1. Aufl., 1959.

Seite 11   abgekätscht: abgekaut

Seite 17   Wien, dachte ich ... Der Dom ist falsch]
Erstveröffentlichung: *Wien Fluss, 1986. Eine Ausstellung der Wiener Festwochen*. Wiener Secession am Steinhof-Theaterbau. Wien: 14.05.–29.06.1986.

Seite 21   Der Wissenschaft zur Konservierung übergeben]
Die Quelle des Zitats konnte nicht eruiert werden.

Seite 33   I could be wrong ... I could be blue]
Anlehnung an den Song *Rise* von Public Image Limited, 1986.

Seite 46   Rebenschwarz: Durch Verkohlung trockener Weinreben gewonnenes Schwarzpigment, das schon in der Antike Verwendung fand.

Seite 49   Jus primae Noctis: Im Mittelalter gelegentlich bezeugtes Recht eines Grundherrn auf die erste Nacht mit der neuvermählten Frau eines Hörigen, Leibeigenen.

Seite 73   CRS: Compagnies Républicaines de Sécurité, französische Bereitschaftspolizei.

Seite 74   On est à la fin ... l'image d'artiste / Auf das Ende ... zu gelangen]
Erstveröffentlichung Martin Disler / Démosthènes Davvetas: *Bleeding Dancers, Fragments of Obsession*. München: Edition Pfefferle, 1985.

Seite 76   In einer einzigen Dauer]
Anlehnung an Originalzitat «Ich arbeite nicht im Raum irgendeines Bereiches. Ich arbeite in der einzigen

Dauer». Antonin Artaud: *Frühe Schriften. Fragmente eines Höllentagebuchs*. Herausgegeben und übersetzt von Bernd Mattheus, S. 113. München: Matthes & Seitz Verlag, 1983.

Seite 76 Güte und … Bild sein]
Die genaue Herkunft des Zitates von Antonin Artaud konnte nicht eruiert werden.

Seite 76 Ich bin während des Malens … Rutschen war]
Eine andere Version ist online verfügbar:
www.sikart.ch/edocs/dislermartin/pdf/notwendigkeit.pdf

Seite 78 Terrence Malick: *Badlands*, 1973.

Seite 83 Cocaine … brains]
Anlehnung an Song von Dillinger: *Cocaine in my Brain*, 1976.

Seite 85 Koksschnuder: Koksnasenschleim
Chliises Hüsli: kleines Haus

Seite 97 I tell you … we must die]
The Doors: *Alabama Song*, 1967.

Seite 105 Z gseh, blindi Chueh: zu sehen, blinde Kuh

Seite 118 Songlines von: Jimmy Cliff / Talking Heads / The Doors / David Bowie / Culture Club / David Bowie / Inner Circle / Sade / Talk Talk / Talk Talk.

Seite 122 We are living … Material World]
Anlehnung an Jimmy Cliff: *Material World*, 1981.

Seite 122 River of No Return]
Marilyn Monroe: *River of No Return*, Song aus dem gleichnamigen Film von Otto Preminger, 1954.

Seite 125 Auf dem wahren Künstlergange … sterben gern]
Dieses Zitat von Appollonius von Maltitz (1795–1870) entstammt der Zeichnung *Selbstmord des Künstlers im Atelier* (vermutlich vor 1837) von Ferdinand von Rayski (Kupferstichkabinett Dresden), wo er seine eigene Hinrichtung an der Staffelei zeichnet. Quelle: Peter Brockmeier/Gerhard R. Kaiser (Hrsg): *Zensur und Selbstzensur in der Literatur*. Würzburg: Verlag Königshausen und Neumann, 1996.

Seite 126	Kabisköpfe: Kohlköpfe
Seite 127	Dein ist all' Land wo Tannen stehn]
	Willhelm Hauff's Märchen: *Das kalte Herz*. S. 292.
	Leipzig: Inselverlag, 1924.
Seite 148	lächerig: zum Lachen gestimmt, lacherhaft (*Deutsches Wörterbuch* von Jacob und Wilhelm Grimm).
Seite 151	schlipfrig: schlüpfrig
Seite 156	Almöhi: Großvater im Kinderroman *Heidi* von Johanna Spyri
Seite 161	Nothing ever happens]
	Songline aus Talking Heads: *Heaven*, 1979.

Inhaltsverzeichnis

Kidnapping	9
Der Kontrakt	25
Ein Job fürs Leben	35
Liebeslied auf dem Baum	53
Winkend über dem Abgrund	69
Flucht	83
Das Fest	101
Museum of Desire	112
Der Schwarze Heinrich	125
Stillstand und Gelächter	133
Der Fluss	139
Das Innere der Insel	155
Anfang um Anfang	161
Anmerkungen	167

Der Verlag dankt den privaten Gönnern sowie dem Lotteriefonds des Kantons Solothurn für die finanzielle Unterstützung bei der Drucklegung.

© 2014 by PEARLBOOKSEDITION und Irene Grundel
1. Auflage
ISBN 978-3-9523550-5-3

Das Werk ist urheberrechtlich geschützt. Die dadurch begründeten
Rechte, insbesondere die der Übersetzung, des Nachdruckes,
der Funksendung, der Wiedergabe auf photomechanischem oder
ähnlichem Wege und der Speicherung in Datenverarbeitungsanlagen,
bleiben, auch bei nur auszugsweiser Verarbeitung, vorbehalten.

Umschlag: Zeichnung und Handschrift von Martin Disler
Korrektorat: Katja Meintel / Marco Morgenthaler
Grafik und Satz: Matteo Hofer / ATELIERBUERO H, Bern
Druck: AZ Druck und Datentechnik GmbH, Kempten

www.pearlbooksedition.ch

Die Versuchung des Malers

9783952355053.2